Wilhelm Huch

Goethe, Brodyberg und andere Traumgestalten

Wilhelm Huch ist ein österreichischer Autor. Bisher hat er zwei Kriminalromane und ein Kinderbuch veröffentlicht: „Tödliches Nickerchen am Mondsee" (2016), „Tödliches Heckenschneiden am Mondsee" (2023) und „Die Rettung der Zauberkirschen" (2024). Er schreibt und lebt am Mondsee im Salzkammergut.

Wilhelm Huch

Goethe, Brodyberg und andere Traumgestalten

Kurzgeschichten

Bibliografische Information der
Deutschen Nationalbibliothek:
Die Deutsche Nationalbibliothek verzeichnet diese
Publikation in der Deutschen Nationalbibliografie;
detaillierte bibliografische Daten sind im Internet
über http://dnb.dnb.de abrufbar.

1. Auflage

© 2024 Wilhelm Huch

Verlag:
BoD · Books on Demand GmbH, In de Tarpen 42,
22848 Norderstedt

Druck:
Libri Plureos GmbH, Friedensallee 273, 22763 Hamburg

ISBN: 978-3-7693-1333-8

I

Goethe in der Anstalt

(1986)

In einzelnen Gebäuden konnte man die erleuchteten Korridore sehen. Sie zeugten davon, dass das Pflegepersonal schon an der Arbeit war. Es kam seiner ein wenig grausamen Pflicht nach, die Anstaltsinsassen um sechs Uhr morgens aus dem Schlaf zu reißen. Allmählich wurde es heller. Die ersten Sonnenstrahlen kämpften sich am Horizont durch den Morgennebel und erleichterten es dem Mädchen, die angenehme Wärme des Bettes zu verlassen. Es schlüpfte in seine kalten Kleider, bürstete mit wenigen Handgriffen sein blondes Haar und schminkte sich. Dann eilte das Mädchen zur Tür hinaus. Eine halbe Stunde später, aufgeweckt von den ersten Schreien der Kranken, entschloss sich sein Vater aufzustehen. Doktor Hagenström leitete das Landessonderkrankenhaus seit dreizehn Jahren und galt unter seinen Kollegen als eine Autorität auf dem Gebiet der psychisch Schwerkranken.

So lang die Liste seiner Erfolge, so lang war jene der Unheilbaren in seiner Anstalt. Seine Tochter hatte hier öfters während der Schulferien als Krankenpflegerin gearbeitet. Nach der bestandenen Matura war sie zu ihrem Vater in die Anstalt gezogen, wo Hagenström eine kleine Villa bewohnte. Ohne sich über ihre Zukunft im Klaren zu sein, wollte Ehm Hagenström die nächste Zeit unter Geisteskranken verbringen und sich näher mit der Psychoanalyse beschäftigen.

Untertags war sie mit den Patienten zusammen und half ihnen beim Waschen und Essen. Sie hörte sich des einen Probleme an oder bewunderte des anderen Zeichnungen. Sie spazierte mit Menschen, die unzählige Male versucht hatten, sich das Leben zu nehmen, durch den großzügig angelegten Park oder ließ sich von einem, der sich für Goethe hielt, Gedichte und Romanfragmente vorlesen.

»Lieber Goethe, siehst du nicht ein, dass es nicht reicht, großartige Einleitungen für Werke zu schreiben, die zu vollenden du plötzlich keine Lust mehr hast. Versuch einmal ernsthaft, deine Gedanken zu Ende zu führen. Es entspricht doch nicht deinem Genius, deine Erzählungen immer abzubrechen, wenn dein Held ein weibliches Wesen trifft und sich in dieses Hals über Kopf verliebt«, sagte Ehm.

Goethe hob seinen Kopf ruckartig empor, den er gesenkt gehalten hatte, während das Mädchen sprach. Mit einem sonderbaren Gesichtsausdruck sah er ihr in die Augen.

»Nein, Ehm, da hast du nur sehr flüchtig zugehört! Sonst wäre dir zum Beispiel bei meinem letzten Helden, dem ehrenwerten Sir Arthur, aufgefallen, dass man die Art, mit der er sich seiner Gefühle für die reiche Lady L. bewusst wurde, keineswegs mit dieser abgegriffenen Wendung bezeichnen kann. Wochen des Grübelns und des Insichgehens ließ Sir Arthur vorübergehen, ehe er sich eingestand, in Lady L. verliebt zu sein. Auch bei Simon Reinfaß, bei Max Sight und wie sie alle heißen, meine unglücklichen Helden, dauerte es Tage, Wochen, bisweilen Jahre, bis sie merken, dass die Liebe zugeschlagen hat. Von ‹Hals über Kopf› kann wohl nicht die Rede sein.«

»Einverstanden, Goethe. Aber abgesehen davon, ob man sich plötzlich oder nach und nach verliebt, warum enden deine Romane immer, wenn sich die Liebenden nach einigen Schwierigkeiten gefunden haben und dem gemeinsamen Glück nichts mehr im Wege steht? Du musst doch an die Leser denken! Sie nehmen zwar lebhaften Anteil am mühsamen Weg deiner Akteure, möchten aber ebenfalls etwas von dem Glück erfahren, das so beschwerlich erworben zu sein scheint.«

»Das hast du schön gesagt: Erworben zu sein scheint. Denn es ist nichts anderes als Schein und Trug, den ich an den Schluss meiner Romane stelle. Wenngleich du anderer Meinung bist und geringschätzig von ‹Romanfragmenten› sprichst ...«

»Aber, Goethe! Ich spreche nie abschätzig von deinen Werken«, unterbrach ihn das Mädchen. Der Irre fuhr jedoch unbeirrt fort:

»... so sind meine Romane dennoch vollendet. Obwohl ihr Umfang nicht dem entsprechen mag, was man sich landläufig darunter vorstellt, nenne ich sie Romane, weil sie das gesamte Leben eines Menschen behandeln. Um das Leben von Sir Arthur oder Max Sight zu erzählen, bedarf es nicht einer genauen Schilderung jedes einzelnen Jahres oder gar Tages. Ich habe nur Umrisse meines Akteurs darzustellen, damit der Leser etwas in Händen hält, um dessen Kern herum er nach eigenen Vorstellungen seinen Helden selbst erschaffen kann. Ich unterstütze ihn dabei so lange, bis der Held seine Liebe gefunden zu haben glaubt, nach der er von Anfang an gesucht hat. In diesem Moment des Glücks lasse ich den Leser alleine mit Sir Arthur oder Max. Ich bin nicht imstande, das folgende, unvermeidliche, von Beginn an vom Schicksal beschlossene, lebenslängliche Unglück zu beschreiben, dem jeder ausgeliefert ist, der sich eines Tages, so wie du es ausdrückst, Hals über Kopf verliebt. Natürlich verlieben sich meine Protagonisten mit Zurückhaltung und besonnenen Schrittes. Doch die Zukunft bleibt die Gleiche.«

»Ach, Goethe, wie vereinfacht und gleichzeitig verworren du die Welt siehst! Wieso sollte es immer schlecht enden, wenn sich zwei Menschen ineinander verlieben? Warum sollen sie sich nicht bis zum Tod lieben und ein glückliches Leben führen?«

»Weil sich nie zwei Menschen ineinander verlieben, sondern immer nur einer der beiden. Der andere muss Gegenliebe heucheln, wenn er wenigstens Sympathien für sein Gegenüber empfindet. Denk nur! Bei vier Milliarden Menschen sollen sich ausgerechnet zwei treffen, die wirklich den lieben, von dem sie selbst geliebt werden?«

»Goethe, wie kannst du so wirres Zeug reden? Du bist doch nicht etwa selbst verliebt und findest bei deiner Auserwählten keine Gegenliebe? Sag! Lebt sie bei uns hier oder hast du sie bei einem Kaffeehausbesuch in der Stadt kennengelernt?«, fragte Ehm.

Erstaunt blickte sie den Geisteskranken an, der ihre Frage anscheinend überhört hatte. Er antwortete nicht und sah sie eine Weile wortlos an. Das Mädchen und der Irre saßen auf einer grünen Bank. Sie waren von einem wunderschönen Garten umgeben, in dem sich der Frühling häuslich einzurichten begann. Unvermittelt fing Goethe wieder zu sprechen an, während er unverwandt in Ehms Augen blickte.

»Wenige Tage vor meiner Einlieferung in die Anstalt deines Vaters starb in meinen Armen ein junger Mann. Er hatte sich wegen eines Mädchens das Leben genommen. Während das Blut aus seinen Adern rann und er mir von seiner Geliebten erzählte, fühlte ich, wie mich meine Seele, mein Herz und mein Gehirn verließen. Als ich nur mehr aus meinem Körper bestand, schloss der Junge seine Augen und starb mit dem Namen seiner großen

Liebe auf den Lippen. Es kam wie ein Donnerschlag über mich. Ich hörte dieses gehauchte ‹Ehm› und wurde Zeuge, wie sein inneres Ich meinen leerstehenden Körper in Besitz nahm. Seitdem trieb es mich, sie zu suchen. Sie, die Tochter des Professors und Doktors der Nervenheilkunde. Ich habe dich gefunden, Ehm!«

Der Mann, der Goethe zu sein glaubte, griff sich an sein Herz und sagte im nächsten Moment der Erde Lebewohl. Erschrocken beugte sich Ehm über den regungslosen Körper und schrie um Hilfe.

Brodyberg und die Cellistin

(2023)

Brodyberg war hellauf begeistert. Er wusste, dass ihn Musik immer tief in seinem Inneren berühren konnte. Es war allerdings zum ersten Mal, dass er das Gefühl hatte, jeden Ton eines bestimmten Instruments gleichzeitig sehen und hören zu können. Sonst war er bei Orchesterkonzerten von den Klangmassen im Gesamten überwältigt und sah den einzelnen Musikern zu, wie sie ihren Instrumenten die Töne entlockten. Er hatte jedoch nie unterscheiden können, welcher Ton, welche Melodie von wem gespielt wurde. Welches Thema stammte von den Streichern, den Flöten, Oboen? Lediglich die Harfe und das Schlagwerk waren leicht zu identifizieren. Heute schien sich die Partitur von Bruckners Neunter Symphonie wie eine sich dem Sonnenlicht öffnende Blume in großer Klarheit vor Brodybergs Ohren zu entblättern. Es konnte natürlich eine Täuschung sein. Die Musik drang in Brodyberg ein. Er hörte Bruckners letzte Symphonie zum ersten Mal, zumindest in einem Konzertsaal. Es mochte sein, dass sie ihm anderswo bereits zu Gehör gekommen war. Immerhin hatte er schon einige Jahrzehnte auf der Welt verbracht. Da wäre es nicht überraschend gewesen, irgendwann einmal über Bruckner gestolpert zu sein.

Das Einzigartige an diesem Konzertbesuch war nicht die »Visionäre Jenseitsschau« Bruckners und die Klangfarben, die Brodyberg gefangen nahmen. Es war die wenige Meter von ihm entfernte Cellistin des Philharmonischen Orchesters. Während sie ihm im ersten Teil des Konzerts, bei Richard Strauss' Tondichtung »Tod und Verklärung«, noch nicht aufgefallen war, und er seine Aufmerksamkeit gleichsam gerecht allen Mitwirkenden des Orchesters zuteilwerden ließ, konnte er nach der Pause seine Augen nicht mehr von der jungen Dame wenden. Zunächst war es gewiss nicht ihr Äußeres, das ihn in ihren Bann zog. Es musste die Art ihres Spiels gewesen sein. Oder nicht einmal diese. Es war Meister Bruckner selbst, dessen Musik Brodybergs Augen für die Cellistin öffnete. Da er kein erfahrener Konzertbesucher war, rätselte er einige Zeit darüber, warum sie scheinbar den Platz der ersten Cellistin einnahm, obwohl sie aufgrund ihrer Jugend kaum die Position der Stimmführerin innehaben konnte. Wahrscheinlich wusste er nicht, wo die einzelnen Musiker in einem klassischen Orchester saßen. Da seine »Auserwählte« für sich und den neben ihr sitzenden Cellisten die Noten umblätterte, war für Brodyberg klar, dass sie nicht die erste Cellistin sein konnte. Ein Irrtum, den er erst nach einer intensiven Internetrecherche korrigieren musste. Welchen Unterschied machte es, ob sie die erste Geige unter den Cellisten spielte oder nicht? An diesem Abend dachte Brodyberg, dass Nadja nur für ihn spielte. Ein weiterer Irrtum, zu dessen Aufklärung es keiner Recherche bedurfte. Welche aufstrebende junge Künstlerin würde für einen unbedeutenden, in die Jahre gekommenen Schriftsteller ein Konzert spielen, wenn sie wusste, dass er nicht die geringsten Kontakte im klassischen Musikgeschäft hatte? Dennoch verfinsterte sich in Brodybergs Phantasie der Konzertsaal. Kein anderer Besucher war zu erkennen. Auch das Orchester versank in tiefer Dunkelheit. Ein schwacher Scheinwerfer traf Nadja. Sie war bis zu den Hüften zu sehen. Rund um sie alles in sich aufsaugende Schwärze, die die übrigen Musiker verschwinden ließ. Hätte die junge Dame am Violoncello nicht von Zeit zu Zeit zum unsichtbaren Dirigentenpult geblickt, so hätte man geglaubt, dass die Klangwellen von unsichtbarer Hand geleitet wurden. Im Gegensatz zu sonstigen Konzertbesuchen nahm Brodyberg den Dirigenten ebenso wenig wahr wie das Publikum und die anderen Orchestermusiker.

Für ihn gab es nur Nadja. Nadja? Noch wusste er ihren Namen nicht. Er ahnte den eigenartigen Zufall nicht, dass er in seinem Leben erst einer einzigen Frau gleichen Namens begegnet war. Vor Jahrzehnten hatte er, ein vom Leben gerüttelter Oberstufengymnasiast, sein Herz an eine Lehramtsstudentin verloren. Eine platonische, auf ei-

nen Tag beschränkte Liebe, von der weder die An-
gebetete noch sonst wer je erfahren hatte. Er
schätzte die junge Dame am Cello auf ein ähnliches
Alter, in dem ihm die erste Nadja seines Lebens begegnet war: Anfang bis Mitte zwanzig. Damals so
alt, um unerreichbar zu erscheinen, heute so jung,
um mit Sicherheit unerreichbar zu sein. Brodyberg
war vom Leben zu enttäuscht, als dass er sich ein-
bildete, in seinem Alter noch einmal in großer Liebe
zu entbrennen. Trotzdem übte Nadja eine Faszina-
tion auf ihn aus. Dass sie Violoncello spielte, überraschte ihn nicht. Es war nicht nur wegen des
Brodyberg besonders einnehmenden Klanges, sondern seiner Form wegen eines der sinnlichsten Instrumente, das er sich vorstellen konnte. Die Überraschung war keine, weil die Kausalität immer ganz
anders verlief. Zuerst war ihm Nadja wegen ihres
hübschen Gesichts aufgefallen. Sie war ihm nicht
als die schönste im Orchester ins Auge gestochen.
Es war die Kombination aus Jugend, Schönheit
und Anmut, die Nadja ins Zentrum von Brodybergs
Wahrnehmung gerückt hatte. Die optischen Reize
standen am Beginn. Danach folgte die Erkenntnis,
dass sie jenes Instrument spielte, das Brodyberg
das liebste war. Nicht die ohrenbetäubenden Blech-
bläser, die schrillen Geigen, die liebsäuselnden Flöten, Klarinetten und Oboen oder die ihn zu sehr an
Gitarren erinnernde Harfe. Nein, Nadja spielte Vio-
lencello! Und sie saß in seinem Blickfeld, das von
keinem anderen Konzertbesucher oder Orchestermusiker beeinträchtigt wurde.

Das schwache Licht des imaginären auf Nadja gerichteten Scheinwerfers wurde überstrahlt von einem Leuchten, das aus ihr hervorzukommen schien. Ein den Gesetzen der Physik widersprechendes Phänomen spielte sich vor Brodybergs Augen ab. Das schlichte, schwarze Kleid der bewunderten Cellistin leuchtete im hellsten Weiß. Ihre freiliegenden Arme und ihr Gesicht waren von einer sanften Bräune. Brodyberg musste sich zur Vernunft rufen, dass er nicht die Augen schloss und sich die Musikerin an einem sonnendurchfluteten Sommertag am Rand eines Swimmingpools liegend vorstellte. Die Musik war zu erhaben, als dass er in wüste Männerphantasien abtauchen wollte. Nadjas engelsgleiches Gesicht, das von braunen Locken eingerahmt wurde, verbot jeden unzüchtigen Gedanken. Sie war vollkommen in die Musik versunken. In höchster Konzentration spielte sie sich durch den feierlichen ersten Satz. Die Mundwinkel waren nach unten gezogen, die Augen halbgeschlossen. Hatte sie einen Schmollmund? Was für eine Frage? War die Musik nicht fesselnd genug? War das der Unterschied zwischen dem wahren Musikliebhaber und einem Zuhörer, dessen Herz für die von Chuck Berry verkörperte Musik schlug? Hatten auch arrivierte Konzertgeher manchmal Gedanken, die mehr den Protagonisten auf der Bühne als der dargebotenen Musik galten? War es eine Sünde, nicht an Bruckner zu denken oder im Programmheft über die Entstehungsgeschichte seines «symphonischen Testaments» zu lesen? Brodyberg war ebenso wie Nadja in den Klangkosmos eingetaucht, den das groß aufspielende Symphonieorchester zauberte. Doch in diesem Klangraum drehten sich Brodybergs Gedanken ausschließlich um Nadja. Er versuchte, sich ihr Äußeres so genau wie möglich einzuprägen, weil er sie nach dem Konzert nicht sogleich vergessen wollte. Er träumte davon, dass sich ihr Anblick in ihn so tief eingrub, dass sie auch dann noch weiterlebte, wenn der letzte Ton von Bruckners Symphonie verhallt war. Wie gerne wäre er Maler gewesen, um dieses Bild für die Ewigkeit festzuhalten. Eine junge Frau, die eins mit ihrem Cello war und für die Musik lebte. Nichts anderes schien für sie bedeutsam zu sein. Was wusste Brodyberg von ihrem Leben außerhalb des Konzertsaals? Nichts. Es war auch nicht wichtig. In diesem Moment gab es kein Leben anderswo. Alles spielte sich hier vor seinen Augen ab. In den wie ein Trommelfeuer klingenden martialischen Phasen des Scherzos entlockte Nadja ihrem Instrument mit einer solchen Intensität die Töne, dass es unter ihr zu zerbrechen drohte. Aber sie malträtierte das Cello nicht. Es schien ihr der wichtigste Gegenstand auf Erden zu sein, den sie mit Virtuosität, Einsatz und gleichzeitig größter Behutsamkeit spielte. War ihr das Instrument bedeutender als Menschen?

Warum eilten Brodybergs Gedanken aus dem Konzerthaus in Nadjas Privatleben? Er besann sich auf die Schönheit des Augenblicks. Trotzdem kam ihm Faust nicht in den Sinn. Seine Blicke wanderten von den grazilen Fingern der Cellistin an ihrer bebenden Brust vorbei zu ihrem Gesicht. Er hatte keinen Ring an ihr entdeckt. Verschaffte ihm dies für den Bruchteil einer Sekunde so etwas wie Erleichterung? Oder machte sich Nadja nichts aus Schmuck? Die unauffälligen Ohrringe konnten dies allenfalls bestätigen. Eine kleine Kette am Handgelenk widersprach dem. Erst in der Pause zwischen dem zweiten und dritten Satz entdeckte er ihre Halskette. Was bedeutete diese Bestandsaufnahme von Äußerlichkeiten? Es fehlte bloß noch die Beschreibung ihrer Anatomie. Das wurde der Stimmung nicht gerecht, in der sich Brodyberg befand. Er fühlte sich wie in Trance und versuchte, durch sein Einswerden mit der Musik in die künstlerische Parallelwelt Nadjas einzutreten. Sie schwebte auf Wolken aus Klängen, Melodien und Rhythmen, ohne an das Publikum und gewiss nicht an den älteren Herrn in der fünften Reihe zu denken. Brodyberg wusste, dass er diese Welt nur von weitem sehen konnte. Am Eingang dieses aus Schönheit, Leichtigkeit und Licht bestehenden Paradieses brauchte ihn kein Wächter abzuweisen. Es war ihm bewusst, dass er selbst an der Hörbarmachung von Bruckners Werk hätte beteiligt sein müssen, um an Nadjas Seite in diesen Kosmos einzutauchen. Davon war er Lichtjahre entfernt, obgleich er in seiner Jugend klassische Gitarre gelernt hatte. Von dort zu Bruckner hätte es mehr als ein Menschenleben gebraucht. Konnte er sich in Nadjas Kopf einnisten und gemeinsam mit ihr zu den weit entfernten Musikwelten reisen? Bei den lauten Passagen des Scherzos vibrierte ihr ganzer Körper. Jeder Ton, den ihre Finger und ihr Bogen entstehen ließen, übertrug sich auf sie, drang in sie ein, machte aus ihrem Körper ein Gefäß, in dem die Musik widerhallte. Was würde Brodyberg empfinden, wenn er die Musik durch ihren Kopf hörte? Wenn er in ihren Gehirnwindungen saß? Entging ihm jener Teil der Melodien, der ohne Umweg über den Kopf direkt in Nadjas Herz und Seele drang?

Brodyberg war nicht frei von dem Wunsch, anstelle von Nadjas Cello in ihren Armen zu liegen. Die Musik so wie sie zu empfinden, war ein akademisches Sehnen. Leider konnte er sich unkeuschen Gedanken nicht entziehen. Es beeinträchtigte den Genuss des Konzerts. Er fühlte sich schuldig, die hehre junge Frau seiner Verehrung mit anderen Gedanken zu konfrontieren. Wenn die Crescendi verebbten und in ruhige Phasen der Gelassenheit übergingen, beruhigte sich Brodyberg wieder. Seine Erregtheit fand auf den Boden der moralisch akzeptablen Bewunderung zurück. Er suchte auf Nadjas Gesicht die Spur eines Lächelns. Er wollte den Beweis finden, dass sie trotz höchster Konzentration auch Spaß an ihrem Spiel hatte. Es war ein vergebliches Unterfangen. Zumindest, solange die Cellistin im Einsatz war. Endlich, als der Applaus aufbrandete, das gesamte Orchester und der Dirigent unversehens wieder in Brodybergs Wahrnehmung auftauchten, erhaschte er ein winziges Lächeln.

Der Dirigent hatte sich beim ersten Geiger für die augenscheinlich erfolgreiche Zusammenarbeit bedankt. Er tat dies wie üblich und reichte ihm die rechte Hand. Vielleicht war er überrascht, auf dem Platz des stimmführenden Violoncellos keinen altehrwürdigen, angegrauten Herrn, sondern eine junge, mädchenhafte Dame vorzufinden. Er streckte seine rechte Hand dem neben Nadja sitzenden – älteren – Cellisten entgegen, bemerkte aus den Augenwinkel wohl Nadja und gab ihr gleichzeitig seine linke Hand. War es diese ungewöhnliche Geste, die den Anflug eines Lächelns auf Nadjas Gesicht zauberte? Brodyberg konnte seine Augen nicht von ihr nehmen. Sie folgten ihr auf dem Weg von der Bühne, in Gedanken wohl noch weiter, dann war allerdings Schluss.

Es vergingen Tage. Bruckners Musik verhallte allmählich in Brodyberg. Ebenso verblasste Nadjas Bild mit jeder Woche mehr. Der Vorsatz, ihr einmal als Teil eines Duos zu lauschen, wurde nie umgesetzt. Die Welt hatte Brodyberg wieder. Nadja gehörte nicht zu seiner Welt. Sie lebte und musizierte in einer anderen Sphäre. Er hatte sich einstens zwar bemüht, diese andere, ihm so verheißungsvoll erschienene Welt zu betreten. Ohne Erfolg. Nadja hatte ihm kurz einen Blick in ihr Universum gestattet. Die Bilder und Töne verschwanden, die Erinnerung wurde schwächer, bis nichts mehr von ihr übrigblieb.

Sissi – Eine Sommerliebelei

(1986)

Es war ein heißer Tag. Die Sonne meinte es nicht gut mit mir. Sie brannte unbarmherzig auf meinen Kopf, während ich mit dem Rasenmäher nicht allzu originelle Muster ins Gras zeichnete. Streifen um Streifen. Der Schweiß perlte über meine Stirn. Von Zeit zu Zeit war meine Hand zu langsam, um zu verhindern, dass ein Tropfen über meine Brille floss. Ich schiebe den Rasenmäher gerne durch unseren Garten.

Plötzlich sah ich sie in Nachbars Garten. Eingehüllt in weißen Stoff, dunkles Haar. Aus der Ferne schien sie hübsch zu sein. Sie beschäftigte sich mit den kleinen Kindern unserer Nachbarn, was mich vermuten ließ, sie sei ein Kindermädchen. Ein Kindermädchen im schönsten Sommer! Inzwischen habe ich oft den Rasen gemäht und nie auch nur einmal die Gelegenheit gehabt, sie aus der Nähe zu sehen.

Später erblickte ich sie auf dem Badeplatz unserer Nachbarn. Sie passte auf die Kinder auf oder lag in der Sonne. Obwohl die Entfernung des Badeplatzes verhinderte, dass ich sie aus der Nähe sah, muss ich mich eines Tages in sie verliebt haben. Glückliche Zufälle spielten mir Informationen über sie in die Hand. Ich erfuhr, dass sie Sissi hieß und tatsächlich ein Kindermädchen war. Allein das Wissen um ihren Namen genügte, um meine milde Verliebtheit in rasende Verwirrtheit zu verwandeln. Ich sann Tag und Nacht nach einer Möglichkeit, mit ihr in Kontakt zu treten. Ich ließ mich vom sanftesten Windlüftchen auf dem Surfbrett in die Nähe ihres Badestrandes treiben, mimte den Anfänger und fiel ungeschickt ins Wasser. Tauchte ich aus den Wellen auf, musste ich feststellen: Sissi hatte eben ihr Handtuch unter den Arm geklemmt und mit ihren Bengeln den See verlassen. Saß sie anderntags auf einer Bank, die an dem uns trennenden Zaun stand, und wollte ich mich im Schatten der Bäume und Büsche an sie heranpirschen, so rief mich der Briefträger in scharfem Ton. Er benötigte eine Unterschrift von mir. Endlich hatte ich herausgefunden, dass Sissi jeden Abend um drei viertel acht mit Nachbars Hund spazieren ging. Ich schwang mich auf das Fahrrad, um zufällig an ihr vorbeizufahren. Daraus wurde eine wilde Verfolgungsjagd. Ich wurde von Sascha, dem lieben, kleinen Hündchen, um den halben Mondsee gejagt. In letzter Minute fand ich erschöpft Zuflucht bei einer Gruppe deutscher Touristen.

Keineswegs entmutigt durch meine fehlgeschlagenen Annäherungsversuche änderte ich meine

Taktik. Ich drehte den Spieß um und wollte Sissi zwingen, mit mir Kontakt aufzunehmen. Dies förderte ich auf die altbekannte Weise. Keine Spur mehr von einem Laien zeigte ich mein Können auf dem Surfbrett öffentlich, vornehmlich vor den Augen der Angebeteten. Ich ließ mich vom Wind über das Wasser peitschen, surfte sitzend, auf einem Bein balancierend und im Handstand. Ich warf mich, Tarzan-Schreie ausstoßend, von unserem Steg in die Fluten, fabrizierte Königssaltos, Bauchflecke und Wasserbomben. Ich durchpflügte kraulend oder auf dem Rücken schwimmend die Mondseefluten, ruderte mit Motorbooten um die Wette und versuchte mich als Langstreckentaucher. War ich mir Sissis Aufmerksamkeit gewiss, tänzelte ich auf unserem Steg umher und jeden Abend spielte ich bei offenem Fenster die schönsten Balladen auf meiner Gitarre.

Siehe da, meine Anstrengungen zeigten einen ersten Erfolg. Willi, der vierjährige Sohn unserer Nachbarn überbrachte mir eine Nachricht von Sissi. Hastig und erregt las ich die von einer zierlichen Hand geschriebenen Zeilen:

›Lieber Unbekannter, mach Dich nicht vollends lächerlich, indem Du mir am Ende noch einen Stern vom Himmel holen möchtest! Bevor Du vor Erschöpfung vom Surfbrett fällst, schlage ich vor, dass wir uns morgen um halb acht bei der Allee treffen. Sissi‹

Erfreut über so viel Mitgefühl, in dem ich ein nicht geringes Quantum an Zärtlichkeit zu entdecken glaubte, nahm ich meine Gitarre. Ich lief in den Garten und sang »All my Loving« von den Beatles. Am nächsten Abend zog ich ein weißes T-Shirt an und band mir ein schwarzes Mascherl um. In mühevoller Kleinarbeit legte ich mir eine modische Frisur zu und fuhr voller Erwartungen in den Ort, um Sissi bei der Allee zu treffen.

Ich war nicht besonders erstaunt, als neben mir eine schwarze Limousine hielt. Ein netter Herr im schwarzen Ledermantel forderte mich auf einzusteigen. Man brachte mich nach Belzec. Man nahm meine Personalien auf und tauschte meine Kleidung gegen die Anstaltstracht ein. Anschließend wurde ich mit achtunddreißig Juden und Nichtjuden in einer winzigen Baracke untergebracht, die zwanzig Liegestätten hatte. Als ich in der schwarzen Limousine am Kragen des Gestapomannes das Parteiabzeichen entdeckt hatte, war mir in den Sinn gekommen, dass mein Urgroßvater väterlicherseits ein Böhme gewesen war. Dass es nun ernst würde, begriff ich aber erst, als ich den Rauchfang des kleinen Krematoriums neben unserer Baracke sah.

Irgendwie war es ein beruhigendes Gefühl zu wissen, dass Sissi wenigstens an mich gedacht haben musste, als sie mir ihre Zeilen zukommen ließ. Als ich einige Stunden nach meiner Verhaftung – meine Augen hatten sich an die Dunkelheit im Inneren der Baracke gewöhnt und ich war in den Besitz einer Pritsche gekommen – lesen konnte, was in einen der Holzpfeiler eingeritzt war, fing ich zu weinen an. Ich wusste, dass ich die Angst vor dem nahen Tod nicht ertragen würde.

Brodybergs Schnürsenkel

(2021)

Das Fest war glücklich geschlagen. Oder hieß es ›Die Schlacht war erfolgreich geschlagen‹? Wie auch immer. Brodyberg stand mit seiner Frau im Vorzimmer zur Gaststube, als der Oberkellner zu ihnen trat. Er hatte noch ein Anliegen. Zuvor ließ er sich bestätigen, dass die lukullische Betreuung zu aller Zufriedenheit gewesen sei, man glücklicherweise dieses Etablissement für den Anlass gewählt habe und auch die Gäste voll des Lobes gewesen seien.

»Sie kennen doch Herrn Wippel, nicht wahr? Werner Wippel?«, fragte der Oberkellner.

Brodyberg und seine Frau wussten nicht, von wem der Oberkellner sprach. Sie kannten niemanden dieses Namens. Allenfalls hatte Brodybergs Vater jemanden ähnlichen Namens gekannt. Allerdings war der Vater vor vielen Jahren verstorben und ob dessen Bekannter noch lebte, wusste Brodyberg nicht. Es stellte sich heraus, dass besagter Werner Wippel Vorstand eines Brodyberg gänzlich unbekannten Vereins war. Zu Werbezwecken hatte Wippel Hunderte kleiner Wimpel produzieren lassen, damit sie bei diversen Festivitäten auf Tischen aufgestellt wurden. Wippel glaubte zu wissen, dass Brodyberg in der berühmten Technologieschmiede Auer von Linden arbeitete, wo auch seine Frau jahrzehntelang angestellt gewesen war. Weiters hatte Wippel davon gehört, dass zur jährlichen Weihnachtsfeier mehrere tausend Auer von Linden Mitarbeiter geladen waren. Dies sei eine wunderbare Gelegenheit, Wippels Wimpeln unter die Leute zu bringen. Brodyberg wies einsilbig darauf hin, dass er Werner Wippel nicht kannte, und schwieg. Er überließ es seiner Frau, das tödliche Aus für Wippels Ansinnen auszusprechen, und drehte sich zum Gehen um. Seine Frau hatte es selbst nach über einem Jahr nicht verkraftet, dass er seinen gut bezahlten Job bei Auer von Linden aufgegeben hatte. Das Thema war sehr heikel. Brodyberg zog es vor, nicht dabei zu sein, wenn sie dem Oberkellner erklärte, dass weder sie noch ihr Mann Kontakt zur Geschäftsführung des Auer von Linden Konzerns hatte.

Brodyberg nutzte den Anlass, heimlich das Weite zu suchen. Er war kein Freund langwieriger Abschiedszeremonien. Man hatte sich für die vorbildliche Organisation des Familienfestes beim Patron der Gastwirtschaft bedankt. Den Small Talk mit dem Oberkellner konnte er getrost seiner Frau überlassen. Vor allem, wenn der Small Talk das leidige Thema ‹Auer von Linden› betraf. Draußen vor dem Gasthaus stieß Brodyberg mit einem befreundeten Ehepaar zusammen. Er war sich nicht sicher, ob die beiden tatsächlich verheiratet oder bloß liiert waren. Er schloss sich ihnen an. Gemeinsam ging man durch die Allee, die vom Parkeingang zum Schloss führte. Sabine und Lorenz schienen über etwas in Streit geraten zu sein und unterhielten sich lautstark. Brodyberg ließ sich ein wenig zurückfallen und schlenderte hinter ihnen unter den alten Platanen dahin. In einem seltenen Glücksgefühl, das wohl damit zusammenhing, dass er das Familienfest gut und unbeschadet hinter sich gebracht hatte, näherte er sich den beiden wieder.

»Ihr müsst entschuldigen! Seit ich Schriftsteller geworden bin, scheinen sich meine Ohren noch mehr als früher für Gespräche anderer zu interessieren. Bei der Lautstärke, mit der ihr euch beschimpft, brauchte es schon größter Willensstärke, um euren Streit zu überhören. Ich bin nicht sicher, ob es damit zusammenhängt, dass ich nicht mehr Buchhalter, sondern Mitglied der schreibenden Zunft bin. Ich würde jedoch sagen, eure Diskussion hat sehr ernste Züge angenommen. Ich würde sogar so weit gehen, dass dies ein Wendepunkt in eurer Beziehung sein könnte. Verzeiht, dass ich so offen und ungefragt meine Gedanken preisgebe!«

Sabine und Lorenz blieben überrascht stehen und sahen Brodyberg an. In Wahrheit waren sie mit ihm nicht sonderlich gut befreundet. Sie gehörten dem Freundeskreis von Brodybergs Frau an und waren zur Familienfeier nur aus zwei Gründen eingeladen gewesen: Sie waren Roberts beste Freunde, der seinerseits jahrzehntelang Brodybergs Frau zugetan war. Und im letzten Moment hatte ein entfernter Cousin von Brodybergs Frau die Teilnahme am üppigen und teuren Essen abgesagt. Brodyberg hatte Verständnis, dass seine Frau das im Voraus bezahlte Menü nicht verfallen lassen wollte. Welch' Zufall? So hatten sich Sabine und Lorenz das Ticket für die Tafel erworben. Oder erschlichen? Keines von beiden. Es war gleichgültig. Lorenz schüttelte den Kopf. Galt dies Brodybergs unpassender Einmischung? Oder war er in Gedanken noch bei der Auseinandersetzung mit Sabine?

»Wie meinst du das, Brodyberg?«, fragte Sabine.

Lorenz warf ihr einen wütenden Blick zu und zischte: »Das passt g'rad!« und marschierte alleine auf den Parkausgang zu.

Brodyberg fehlten die Worte, um Sabines Frage zu beantworten. Es wäre ein Leichtes gewesen, sich für die unangebrachten Worte zu entschuldigen, Lorenz nachzurufen, dass er es so nicht gemeint hatte und letztlich alles ein Missverständnis sei. Aber der sonst wortgewaltige Schriftsteller wusste nichts zu sagen. Er schaute in Sabines Augen, ließ den Blick über ihr Gesicht schweifen und blieb an ihrem Mund hängen. Zum Glück hatte Sabine wie viele Frauen die Gabe, ins Reich des Small Talks zu flüchten. Binnen weniger Sekunden war die unangenehme Situation vergessen. Brodyberg und Sabine setzten den Weg fort, ohne dass sie daran dachte, Lorenz einzuholen. An einer Weggabelung bogen sie von der Hauptallee ab und gingen auf ein in der Ferne liegendes kleines Gebäude zu. Vielleicht war es Sabine nicht unrecht, dass ihr Streit mit Lorenz so abrupt geendet hatte. Brodyberg fühlte sich in seiner Haut nicht wohl. Kam es daher, dass er nichts mehr hasste als Small Talk? Nein, es gab Ausnahmen. Small Talk mit fremden Frauen war für kurze Zeit erträglich. Für Brodyberg war Sabine praktisch eine Fremde. War die fremde Frau attraktiv, so blieb die Hoffnung, letztlich vom Small Talk in ein interessantes Gespräch hinüberzugleiten. Brodyberg wunderte sich, dass er sich zu Sabine hingezogen fühlte, obwohl sie weder blond noch blauäugig war. Der dunkle, geheimnisvolle Typ. Das Klischee der katzenartigen, sexbesessenen Frau, die nur ein Ziel kannte: Ihr Opfer möglichst rasch zu Boden zu werfen. War das der Grund für Brodybergs Unbehagen? Dachte er bereits daran, stehenzubleiben, die Augen zu schließen und darauf zu warten, dass Sabine ihn küsste? Lächerlich! Wenn schon Klischees, dann hätten dies wohl Sabines Gedanken sein müssen.

Die durch Zufall näher Bekanntgewordenen blieben für einen Moment stehen. Sabine hörte nicht zu reden auf. Worüber sie sprach, war für Brodyberg belanglos. Hauptsache, sie redete und er konnte sich darauf beschränken, sie zu beobachten. Sie gingen weiter und Brodyberg staunte über alles, was er um sich wahrnahm. Wahrscheinlich nahm er außer Sabine nichts wahr. Als sie bei dem Gebäude angelangt waren, wurden sie beim Eingang von Brodybergs Bruder empfangen. Der innere Kreis der Verwandtschaft war von dem im Schloss gelegenen Gasthaus hierher weitergezogen. Im ersten Stock des ehemaligen Wirtschaftsgebäudes befand sich eine Bar.

»Robert ist bereits oben und spielt eine Runde Schach«, sagte Brodybergs Bruder und zwinkerte vielsagend.

Dieser wusste nicht, was sein Bruder damit meinte. War ›Schach spielen‹ eine Metapher für ‹sich ausgiebig dem Alkohol hingeben›? Oder versuchte man, sich in der Bar mit echtem Schach die Zeit bis zum Sonnenuntergang zu vertreiben, um erst bei Dunkelheit in Dionysos' Schoß zu sinken? Brodyberg erwiderte nichts. Denn es geschah Seltsames, das auch seinem Bruder nicht verborgen blieb. Sabine hatte ihren Schuh ausgezogen und berührte mit ihrem Fuß Brodybergs Schienbein.

»Ich sehe, ihr seid nicht zum Schachspielen gekommen. Macht nichts. Wenn ihr fertig seid, wisst ihr, wo ihr mich finden könnt.«

Brodybergs Bruder zog sich mit einem Lächeln ins Haus zurück und ging über eine verwinkelte Stiege ins Obergeschoß. Von oben drang laute Musik bei der Tür heraus. Sie wurde immer wieder vom Gelächter der Barbesucher unterbrochen. Hatte Sabine ihm ebenfalls die Schuhe ausgezogen? Oder hatte er es selbst getan, als er seinem Bruder verständnislos nachgesehen hatte? Brodyberg verstand nicht, was um ihn vorging. Was hatte sein Bruder mit dem Schachspiel gemeint? Was wollte er andeuten, als er sich dezent verabschiedet hatte? Was hatte sein Bruder erkannt, was Brodyberg nicht in den Kopf wollte?

Konnte es sein, dass er mit Sabine ohne Ankündigung und aus heiterem Himmel eine Affäre beginnen würde? Bloß, weil er sich in ihren Streit mit Lorenz eingemischt hatte? Brodyberg hatte gedacht, dass der erste Schritt immer eine Berührung der Hände sei. Das langsame Näherkommen zweier zitternder Hände, die zwischen Tellern und Gläsern wie in einem Labyrinth nach einem Weg suchten, die Finger der gegenübersitzenden Person zu berühren. Oder das unbeholfene Ertasten der Armlehne im Dunkel des Theaters, das Überklettern derselben, der Abstieg in die unbekannten Tiefen des Nachbarsitzes und die Suche nach etwas, das den Puls der Angebeteten spüren ließ. Die Kontaktaufnahme unter dem Tisch mithilfe der Laufwerkzeuge war in vielen Filmen breitgetreten worden. Wie sich das ins wirkliche Leben übertragen ließ, darüber hatte sich Brodyberg nie Gedanken gemacht.

Der erste Schritt wozu? Warum stand Sabines Fuß auf seinem? Wie konnte sie ihm so nahegekommen sein, ohne dass er es bemerkt hatte? Wie weit waren ihre Lippen von seinen entfernt? Weit genug, um nicht in Versuchung zu kommen, die Augen zu schließen und auf einen Kuss zu warten.

Die Bar hatte sich geleert. Robert saß in der hintersten Ecke, halbliegend auf einer plüschverzierten Eckbank, und starrte verträumt an die Decke.

Auch Brodybergs Bruder war noch im Dienst. Er saß mit zwei Freunden an der Theke und erzählte von seinen Abenteuern in Argentinien. Der Alkoholkonsum und die dritte Wiederholung einer Geschichte hatten einen Freund veranlasst, die Augen zu schließen. Immer wenn er einzuschlafen drohte, rutsche er von seinem Hocker. Er wurde wieder wach, setzte sich kurz aufrecht hin und begann von Neuem, vor sich hinzudösen. Brodyberg hockte am Boden, ließ seinen Blick durch den Raum schweifen und schnürte seine Schuhe. Es war fünf Uhr am Morgen. Brodyberg wusste nicht, ob es die zwei Caipirinhas oder die Müdigkeit waren. Er fühlte sich wie ein Zweijähriger, der vergeblich versuchte, mit den Schuhbändern eine Masche zu binden. Plötzlich stand Sabine neben ihm, beugte sich zu ihm hinunter und gab ihm einen Kuss auf die Stirn.

Der unverhoffte Tod

(1986)

Mit ungeheurer Lautstärke erfüllte Beethovens Symphonie das Zimmer. Ivan saß in einem Lehnstuhl und starrte gebannt auf den Brief in seinen Händen. Plötzlich meinte er das Läuten des Telefons zu hören. Er erhob sich und lief ins Vorzimmer. Zu seinem Erstaunen musste er feststellen, dass ihm seine Sinne einen Streich gespielt hatten. In der Stille blieb Ivan einen Augenblick stehen. Er wartete, ob sich das Telefon nicht doch zu einer Regung verleiten ließ, und wurde unerwartet der geschlossenen Esszimmertür gewahr. Für gewöhnlich stand diese immer offen, und Ivan dachte unwillkürlich an einen Eindringling. Mit einem ihm bisher unbekannten Gefühl der Angst trat er in das Speisezimmer. Spielten ihm seine Nerven so weit mit, dass er sich in seinem Haus vor Einbrechern fürchtete? Obwohl er sich der Sinnlosigkeit seiner Handlung im Voraus bewusst war, öffnete er mit zitternder Hand die Tür des Porzellankastens. Im Unterbewusstsein hatte er sich damit abgefunden, eingeklemmt zwischen Suppentellern und Sherry

Gläsern, einen Menschen zu sehen. Beruhigt stellte Ivan fest, dass sich an der Ordnung im Porzellankasten nichts geändert hatte. Er fragte sich nach dem Grund seiner Nervosität und Schreckhaftigkeit und ging in sein Zimmer zurück.

Nochmals las Ivan den Brief, den er heute Morgen unter der Haustüre gefunden hatte. Er wurde sich nicht klar, was er von dem Geschäft halten sollte. Nun läutete tatsächlich das Telefon, und Ivan rannte zum zweiten Mal in den Vorraum.

»Ja, bitte?«

»Sie haben meinen Brief bekommen?«

»Ja, wer spricht denn?«

»Werden Sie den Auftrag ausführen?«

Kurz und gepresst klangen die Worte am anderen Ende der Leitung. Überrascht, dass er so schnell vor der Entscheidung stand, wiederholte Ivan seine Frage:

»Darf ich wissen, mit wem zu sprechen ich die Ehre habe?«

»Die Ehre liegt ganz auf meiner Seite, Herr Kuloff. Was meine Identität betrifft, glaube ich mich zu erinnern, dass Auftraggeber solcher Geschäfte meist ungenannt bleiben. Also, werden Sie sie liquidieren?«

»Wie steht es mit der Bezahlung?«, fragte Ivan, um Zeit zu gewinnen.

»Ganz so, wie ich es geschrieben habe. Eine imposante Summe! Bedenken Sie: In Ihrem Alter wird es nicht mehr allzu viel zu verdienen geben.«

Neuerlich wurde Ivan innerhalb kürzester Zeit an sein Alter erinnert. Von plötzlichen Selbstzweifeln erfasst nahm er den Auftrag an. Ein wenig erschöpft ließ er sich in seinen Lehnstuhl fallen und wischte sich den Schweiß von der Stirn. Was hatte das zu bedeuten? ›In seinem Alter gäbe es nicht mehr viel zu holen.‹ Vierundfünfzig war er letzten Monat geworden. Trotzdem war er in solch guter körperlicher Verfassung, die auch einem Dreißigjährigen höchste Anerkennung bei den Frauen eingebracht hätte. Innerlich fühlte er jedoch, dass er sich gewandelt hatte.

Er war nicht mehr der kalte, entschlossene Killer, der gnaden- und rücksichtslos Menschen tötete, die einem Zeitgenossen mit genügend großem Portemonnaie im Weg standen. Ivan dachte an seinen Mord an Lucien Guzé. Er hatte ihn während seiner Vorbereitungen so liebgewonnen, dass es ihm beinahe unmöglich war, im entscheidenden Moment den tödlichen Schuss abzugeben. Mit einem Mal begann er, die Menschen als Individuen zu sehen. Nicht mehr als die große Masse der verhassten Menschheit, die ihn zu einem einsamen Leben abseits von Gesetz und Gesellschaft gezwungen hatte. Früher hatte er seine Opfer als Gegenstände betrachtet. Seine Aufgabe war es gewesen, diese aus dem Lebensbereich seiner Auftraggeber zu entfernen. Wie die Leute von der Müllabfuhr nicht mehr benötigte Dinge auf die Müllhalde schafften und die Menschen von Unangenehmen befreiten. Als er die Lebensgewohnheiten des Industriellen

Guzé studierte, fühlte er sich seltsam zu seinem Opfer hingezogen. Er nahm an dessen Leben unbemerkt teil, ging mit ihm morgens ins Büro, mittags in elegante Restaurants und abends in die verschiedensten Clubs. Während er ihn wochenlang im Auge behielt, Zeuge geheimer Zusammenkünfte mit wenig ehrenwerten Personen und reizenden Damen wurde, war Guzé nicht mehr ein bloß zu beseitigender Gegenstand. Ivan war über so viel Banalität erschrocken: Sein Zielobjekt war zu einem Menschen geworden, der lebte, seinen Lastern frönte und seinen Geschäften nachging. Sollte diese Erkenntnis Ivan zeigen, dass er nun selbst ein Mensch zu werden begann? Jetzt, gegen Ende seines Lebens, da er mit einigen gut bezahlten Morden das nötige Geld für einen sorgenfreien Lebensabend verdienen wollte?

Ivan besann sich des Briefes und schob seine Gedanken in den Käfig aus Kälte, den er ihnen vor Jahrzehnten zugewiesen hatte. Die Ironie des Schicksals wollte es, dass ausgerechnet in dem Moment, in dem Ivans Hirn aus seinem Gefängnis auszubrechen versuchte, die Person seiner nächsten Liquidierung keine Unbekannte war. Anfangs war ihm nicht aufgefallen, dass sich hinter dem pompösen Namen der Madame Belline du Rallinerémone seine Jugendliebe Anne Belline verbarg. Als er die Fotografie länger betrachtete, die dem Brief beilag, erkannte er Anne wieder. Sie hatte sich in den letzten dreißig Jahren beinahe nicht verändert, soweit er dies auf dem Bild beurteilen konnte. So lange hatte er sie nicht mehr gesehen. Ihr blondes Haar, dem inzwischen vielleicht nachgeholfen wurde, war genauso natürlich und wunderschön, wie er es in Erinnerung hatte. Ihre hellblauen Augen hatten nichts von ihrem Glanz verloren. Ihr nur von wenigen Fältchen durchzogenes Gesicht verführte den Betrachter des Fotos, Annes Alter auf dreißig bis fünfunddreißig zu schätzen. In Wahrheit musste sie ungefähr gleich alt wie er sein. Erstaunt spürte Ivan Gefühle in sich, die jenen vor dreißig Jahren erschreckend glichen. Konnte es sein, dass er Anne noch immer liebte?

Er las Madame du Rallinerémones Personenbeschreibung ein weiteres Mal durch. Sie war Gattin des bedeutenden Waffenproduzenten Jean Jaques du Rallinerémone. Nach den Angaben von Ivans Auftraggeber war sie die graue Eminenz in dessen Waffenkonzern. In der Öffentlichkeit unbekannt führte sie die Geschäfte, während ihrem Mann ausschließlich die Repräsentation des Unternehmens oblag. Gewöhnlich begleitete ihn dabei seine Tochter.

›Seltsam. Ausgerechnet meine Anne ist eine der unbekannten Mächtigen in der Industrie. Und mir fällt die Aufgabe zu, sie zu töten, weil sie wahrscheinlich einem anderen Mächtigen im Weg steht. Ist das die Gerechtigkeit des Lebens, dass Anne durch meine Hand stirbt? Jetzt, da sie wohl am Höhepunkt ihrer Karriere steht und ich ins Belanglose abzugleiten beginne? Sieht das Schicksal in Anne diejenige, die mich vor dreißig Jahren imaginär getötet und in dieses Leben getrieben hat? Soll es mir jetzt gegeben sein, mich an ihr für ein Verbrechen zu rächen, das nur ich als solches empfand?‹

Ivan war entschlossen, Anne Belline zu töten. Nicht aus Rache, sondern um dem Schicksal behilflich zu sein, eine der größten Absurditäten in die Welt zu setzen. Es sollte sein letzter Mord sein. Sein letztes Geschäft, das ihm das nötige Geld für einen bescheidenen Lebensabend bringen würde. Er, Ivan Kuloff, wollte seine Jugendliebe nach präziser Planung töten. Er wollte ihr ruhig gegenübertreten und uneingedenk seiner Liebe zu ihr einen Auftrag ausführen, den ihm nicht die Habsucht anderer Waffenlieferanten, sondern die Ironie des Schicksals beschert hatte.

Während das Bostoner Symphonieorchester das Presto, allegro assai aus Beethovens Neunter Symphonie zu einem fulminanten Finale führte, nahm Ivan seinen Mantel und trat aus dem Haus. Er wollte seinen Entschluss bei einem Whisky im nächsten Bistro feiern. Mit freudiger Erregung zog er die frische Winterluft ein, als eine Gewehrsalve die winterliche Stille zerriss. Ivan sank tödlich getroffen auf den Stufen nieder, die zu seinem Haus hinaufführten. Eine schwarze Limousine fuhr vorbei. Im Fond saß Madame Belline du Rallinerémone, die mit Grauen in Ivans kalte Augen blickte.

St. Moritz' Traumnovelle

(2016)

Familie Maier war auf Urlaub. Es war ein schöner Skiurlaub. Herr Maier, Frau Maier und ihr Sohn Jeremias genossen die Landschaft, die für die Jahreszeit unüblich großen Schneemassen und das ausgezeichnete Wetter. Der letzte Urlaubstag näherte sich, verging ebenso angenehm wie die vorhergehenden und die letzte Nacht vor dem Abreisetag brach an. Davor könnte es ein ausgiebiges Abendessen gegeben haben, an dem auch Maiers Ex-Ehefrau teilgenommen hatte. Ebenfalls am Tisch war Familie Piberstein gesessen, die mit ihren Kindern Franz und Fritz den Urlaub mit Maiers gemeinsam verbracht hatte.

In der Nacht ereigneten sich seltsame Dinge. Maier wusste am folgenden Morgen nicht, ob er das von ihm Wahrgenommene tatsächlich erlebt oder nur geträumt hatte. Eines war gewiss: Am Abreisetag war Maiers Frau nicht anwesend. Vielleicht war sie am Vorabend – nach dem von großen Mengen Alkohol begleiteten, ausgelassenen Abschiedsessen

– abgereist. Maier konnte sich auch getäuscht haben. Eventuell hatte er die Skiwoche gar nicht mit seiner Frau, sondern mit seiner Ex-Frau Bettina Grünwald verbracht. Immerhin war Maier am Abreisetag neben Bettina im Bett aufgewacht. Dennoch war er sicher, dass in dieser geheimnisvollen letzten Urlaubsnacht eine andere Frau seinen Körper berührt hatte. Eine andere Frau hatte sich zwischen ihn und seine Ex-Frau gedrängt, sich an ihn geschmiegt und ihn glauben gemacht, dass er in dieser Nacht die Liebe seines Lebens gefunden haben würde. Maier hatte Melanie Piberstein über sich liegen gespürt. Er hatte ihren Atem, ihren Geruch und ihre Haut so nahe bei sich gefühlt, dass kein Zweifel bestehen konnte: Diese Nacht hatte er mit ihr verbracht, auch wenn am Morgen Bettina neben ihm lag.

Viel Zeit, um dem Geheimnis dieser Nacht nachzugehen, blieb nicht. Es galt die Koffer zu packen und das Zimmer bis zehn Uhr zu räumen. Maier ging ins Nebenzimmer, in dem sich sein Sohn gerade die Zähne putzte. Jeremias hatte sich während der Skiwoche das Zimmer mit Maiers Mutter geteilt, die eifrig ihre Sachen in der Reisetasche verstaute. Wenn es stimmte, dass seine Mutter die ganze Woche über im Hotel anwesend gewesen war, musste sich Maier sehr in Acht nehmen. Er brauchte eine gute Erklärung, weshalb Bettina und nicht seine Frau aus dem Zimmer nebenan kam und weshalb sie einen Koffer zu Maiers Auto in die Tiefgarage brachte. Maier war überzeugt, dass die Urlaubswoche an der Seite seiner Frau begonnen hatte. Er war mit ihr, Jeremias und seiner Mutter nach St. Moritz gefahren.

Ein behagliches Gefühl erfüllte Maier, als er an die gemeinsame Nacht mit Melanie Piberstein dachte. Unbehagen überkam ihn allerdings beim Gedanken, seiner Mutter die Anwesenheit seiner Ex-Frau zu erklären und sich vor Bettina wegen der Vorkommnisse der letzten Nacht rechtfertigen zu müssen. Es gab dafür keine Erklärung. Wie etwas erklären, was nicht zu erklären war? Maier hatte sich in Melanie Piberstein nicht verliebt. Er hatte nie mit versteckter Sehnsucht nach ihr geschielt. Nicht beim gemeinsamen Frühstück, nicht bei den gemeinsamen Sesselliftfahrten. Er hatte nie das Bedürfnis gehabt, beim Abendessen neben ihr zu sitzen, um ihre zu Boden gefallene Serviette aufzuheben und sie dabei versehentlich am Bein zu berühren. Ihr Lächeln war ihm nicht unsympathisch gewesen. Aber sie war definitiv nicht sein Typ.

Die ganze Woche hatte er einzig mit dem Gedanken an seine Ex-Frau zu kämpfen. In sie – nicht in Melanie Piberstein – sich wieder zu verlieben, hatte er sich mehr als einmal vorstellen können. Um Bettina waren seine Gedanken ständig gekreist. Aus diesem Grund dürfte sie wohl in der letzten Urlaubsnacht den Platz seiner Frau eingenommen haben. An das »Wie« konnte er sich beim besten Willen nicht erinnern. Plötzlich war seine Frau verschwunden und Bettina lag neben ihm im Bett. Welchen Sinn hatte es, ausgerechnet in dieser einzigartigen Nacht – wie oft lösten sich Ehefrauen schon in Nichts auf, um ihren Vorgängerinnen den Platz zu überlassen? – den Körper einer anderen, einer dritten Frau über dem eigenen zu spüren? Mit unsicheren und wenig zusammenhängenden Worten versuchte er, Bettina zu überzeugen, dass er sich eine Nacht mit Frau Piberstein nicht gewünscht, nicht einmal herbeigeträumt hatte. Er verstieg sich soweit, zu behaupten, dass er an einem allenfalls in Piberstein aufflackernden Verliebtsein vollkommen unschuldig sei. Er habe Melanie in der zurückliegenden Urlaubswoche – und davor – nicht den geringsten Anlass gegeben, sich in ihn zu verlieben. Er sei höflich zu ihr gewesen, das gebe er zu, aber dies gehöre zu seinem Naturell. Auch seine Frau behandle er mit großer Höflichkeit. Über die klar definierten Grenzen des Anstands sei er nicht hinausgegangen. Es sei unvorstellbar, geradezu undenkbar, dass Piberstein in auch nur einem seiner Blicke, einem seiner Worte den Anflug eines Flirts hätte wahrnehmen können. Er habe sich stets auf das Sorgfältigste dagegen verwehrt, zweideutige Signale zu senden. Dies müsste Bettina besonders klar und deutlich gewesen sein, da sie von seinen inneren Kämpfen um sie, Bettina, wusste.

Familie Piberstein reiste als erstes ab. Man verabschiedete sich in der Hotellobby, wünschte einander eine gute Heimreise und tat seine Vorfreude auf einen gemeinsamen Skiurlaub im nächsten Winter kund. Maier wunderte sich, dass niemand das Fehlen seiner Frau bemerkte. Weder seine Mutter noch Familie Piberstein erkundigten sich nach Maiers Frau. Dies überraschte Maier vor allem wegen des frei gewordenen Platzes in seinem Auto. Bettina Grünwald hatte nicht die Absicht, ihrer eigenen Familie ebenso überraschend abhanden zu kommen, wie dies Maiers Frau getan hatte. Dass Familie Piberstein über die Abwesenheit seiner Frau betont unauffällig hinwegsah, schrieb Maier den mysteriösen Umständen rund um sein nur eine Nacht dauerndes, dadurch nicht minder inniges Verhältnis mit Melanie Piberstein zu. Ihn plagte die Frage, wie er Melanie ohne Worte mitteilen konnte, dass er keine Erklärung für das Vorgefallene hatte. Dass er sich unschuldig daran fühlte und es ihm leidtat, dass er nicht die gleichen Gefühle für sie empfand, wie offenbar sie für ihn. Dass alles nur ein Missverständnis gewesen sein musste. Für einen Moment wollte er sich glauben machen, dass alles nur ein Traum gewesen war. Deshalb war es nicht verwunderlich, dass niemandem die Abwesenheit seiner Frau aufgefallen war. Für wenige Sekunden hatte er den Eindruck, dass seine Frau noch auf dem Zimmer war. Wahrscheinlich führte sie einen letzten Kontrollgang durch und würde in wenigen Minuten in der Lobby auftauchen, um sich ebenfalls von allen zu verabschieden. Aber seine Frau kam nicht.

Ohne Vorwarnung war ihm Melanie Piberstein um den Hals gefallen. Sie drückte ihren Körper mit einer solchen Vehemenz an Maiers Rippen, dass ihm die Luft wegzubleiben drohte. Sie gab ihm einen intensiven Kuss hinter das linke Ohr. Mit tränenerstickter Stimme flüsterte sie ihm zu, dass sie ausgerechnet für ihn dieses ominöse und alles in den Schatten stellende Liebesgefühl empfand. Die Situation führte zu keiner Eskalation. Herr Piberstein und seine Kinder hatten sich bereits zum Gehen umgedreht und Maiers Mutter war mit ihrem Enkel gerade in einen Diskurs darüber geraten, wer auf der Heimfahrt auf dem Beifahrersitz Platz nehmen würde.

Als Maier noch einmal zurück auf sein Zimmer ging, um die letzten Gepäckstücke zu holen, traf er auf Bettina Grünwald. Sie sahen sich eine Zeit lang stumm an. Maier wusste nicht, ob er die Stille zerstören sollte. Er schloss die Augen und versuchte sich an den Moment zu erinnern, als er an diesem Morgen neben ihr aufgewacht war. Es war ein so wohliges Gefühl, ein sich mit aufkeimenden Gewissensbissen allmählich im Widerstreit befindliches Gefühl der Wonne, wieder an Bettinas Seite gelegen zu haben. Die Unbekümmertheit, mit der Maier den Folgen dieser Nacht entgegensah, überraschte ihn. Vielleicht waren ihm die Gedanken über sein weiteres Leben deshalb gleichgültig, weil er sich dem Ende seines Lebens schon nahe fühlte. Zum ersten

Mal seit Jahrzehnten machte er sich keine Sorgen mehr. Er öffnete wieder die Augen, trat auf Bettina zu und umarmte sie. Nun brach sie das Schweigen und wollte wissen, wie alles weitergehen solle. Sie fragte, ob er sie nur deshalb zu einer gemeinsamen Nacht überredet hatte, um sie mit einer anderen zu demütigen. An die Möglichkeit einer verspäteten, gleichsam überholten Rache hatte Maier seit dem Aufwachen an diesem Morgen nie gedacht. Dies war gewiss nicht der Grund gewesen, weshalb sich Bettina Grünwald in der letzten Nacht, in der Frau Maier plötzlich verschwunden und Herr Grünwald aus, wie man zu sagen pflegt, beruflichen Gründen bereits zurück in die Heimatstadt gefahren war, ihren Ex-Mann mit einer anderen Frau hatte teilen müssen. Sie sah Maier an und schüttelte den Kopf. Sie war während der gemeinsamen Ehejahre nie schlau aus ihm geworden, hatte sich später viele Jahre keine Gedanken über ihn gemacht und war heute Morgen neben ihm aufgewacht.

Da sie dies laut aussprach, wie um sich der Vorkommnisse der letzten Stunden selbst zu vergewissern, konnte Maier mit an Sicherheit grenzender Wahrscheinlichkeit annehmen, dass er die gemeinsame Nacht nicht geträumt hatte. Oder er hatte davon zumindest nicht allein geträumt. Wenn es Bettina ebenso wie er lediglich geträumt haben sollte, so war es doch fast so wirklich und real, wie wenn es tatsächlich geschehen war. Da Maier außerdem sicher war, von Melanie Piberstein in der Hotellobby umarmt worden zu sein, hielt er auch ihre Anwesenheit in seinem Zimmer für wahrscheinlicher denn als eine bloße Erinnerung an einen Traum. Hielt ihn Bettina tatsächlich einer Demütigung für fähig? Hatte sie tatsächlich von Rache gesprochen? Wenn dem so war, so konnte er, nein, musste er die Möglichkeit, dass alles nur ein Traum gewesen war, ausschließen. Wenn es tatsächlich vorgefallen war, welchen Sinn hatte all das?

Maier bat Bettina, ihn in guter Erinnerung zu behalten und all jene Verletzungen, die er ihr zugefügt haben mochte, zu verzeihen. Wenn es ihr großmütiges Herz zuließe, wäre er ihr überdies sehr verbunden, hatte er angefügt, wenn sie seiner Frau die Wahrheit auf rücksichtsvolle, dennoch leicht verständliche Art beibringen würde. Auch um seine Mutter und seinen Sohn sollte sie sich, soweit es ihr die eigenen familiären und beruflichen Verpflichtungen gestatteten, subsidiär kümmern. Es sei ihm bewusst, dass es grotesk anmute, seine Ex-Frau um solche Liebesdienste zu bitten. Allerdings würde es die letzte gemeinsame Nacht rechtfertigen, dass sie sich zumindest den Anschein geben sollte, diesen, seinen letzten Wunsch zu erfüllen. Maier ließ keinen Zweifel daran, dass die letzte Nacht in St. Moritz nicht nur auf sein intensives Sehnen und Wünschen zurückzuführen gewesen sei. Auch Bettinas freiwilliges Hinabgleiten zu ihm sei entscheidend gewesen, ein Hinabgleiten, das durch ihr vor Gott nie beendetes Eheband erleichtert, aber keinesfalls ausgelöst worden war. Es musste in Bettina ein ebenso tief vergrabener Wunsch nach einer einzigen weiteren Nacht mit Maier geschlummert haben. Dieser Wunsch hatte sich durch im Nachhinein nicht mehr entwirrbare Umstände den Weg an die Oberfläche ihres Bewusstseins gebahnt und das Unvorstellbare Wirklichkeit werden lassen.

Zurück in seiner Heimatstadt nahm das Leben für einige Tage seinen gewohnten Lauf, bis Maier eine tödliche Dosis Gift schluckte. Nun konnte niemand mehr an seinem Entschluss zweifeln, die Welt zu verlassen. Die Erinnerung an jene letzte Urlaubsnacht in St. Moritz ließ Maier in seinen letzten Lebenssekunden die Verbitterung über sein maßloses Versagen als Vater vergessen. Je näher der Tod kam, umso größer wurde seine Hoffnung, dass ihm auch sein Sohn bei einem Wiedersehen in einer anderen Welt verzeihen würde.

Die Tochter des Professors

(1985)

Wie kann man Hassgefühle gegen Naturgewalten, wie zum Beispiel den Wind, besser verdrängen als durch noch entschlosseneres Vorwärtsschreiten auf einer äußerst nüchternen Betontreppe. Wolfgang klammerte seine Finger um den Griff des Gitarrenkoffers und stolperte über die schwach beleuchtete Stiege in den Keller hinunter. Hansens Vater hatte vor knapp einem Jahr die Idee, einen leerstehenden Kellerraum in einen Proberaum umzufunktionieren und so einer talentierten Nachwuchsband den notwendigen Background, um nicht zu sagen, Underground zu verschaffen. Wolfgang war sehr überrascht gewesen, als er den zwei Stockwerke unter der Erdoberfläche liegenden Betonbunker zum ersten Mal sah. Herr K., Hansens Vater, hatte ihn vor Jahren für alle Fälle anlegen lassen. Im Gegensatz zu seinem Sohn war K. zwar überzeugter Pazifist, im Notfall wollte er seine Friedensaktionen aber lieber von einer gesicherten Basis aus starten. Kurzum, K. hatte den sichersten

Bunker des VII. Bezirks und wollte diese keineswegs billige und keine Rendite abwerfende Investition nicht brachliegen lassen. So hatte er sich in den letzten Augusttagen entschlossen, den ‹Ersten Propheten› ein Zuhause zu geben.

Wolfgang blieb einige Sekunden vor der Stahltüre stehen, auf der in prächtigen Lettern der von Ali ersonnene Bandname geschrieben stand. Mit sarkastischem Lächeln hörte er Hansens vergebliche Versuche, das Bassintro ihres neuesten Songs zu spielen, ehe er sich entschloss einzutreten.

»Oh, auch schon da?«

Hansen war froh, dass er sich wieder seiner Lieblingsbeschäftigung hingeben konnte, andere Leute zu tadeln. Zufrieden stellte er seine Bassgitarre in die Ecke.

»Du hast sicher wieder einen kleinen Autounfall mit deinem Autobianchi gehabt, nicht wahr, Wolfgang?«

»Have you not?«, spottete Ali, der zur Begrüßung des Ankömmlings einen kleinen Marsch trommelte. Wolfgang packte seine Ibanez-Sweet-Guitar, wie er sie nannte, aus und murmelte leise vor sich hin:

»Ihr wisst ja, wie das mit den Mädchen so ist. Können eben nur schwer verstehen, dass die Arbeit dem Vergnügen vorgeht. Aber ...«, Wolfgang hob seine Stimme an, »... Freunde und Genossen! Ich habe trotz der zeitintensiven Beanspruchung durch meine Rosi das Kunststück zuwege gebracht, einen neuen Supersong zu schreiben.«

»Isn't he a good guy?«, stammelte Ali überwältigt. Er versuchte, seiner Abneigung gegen Wolfgangs Lied von Vornherein Ausdruck zu verleihen, und fügte hinzu:

»Ist es wieder ein Liebesliedchen?«

»Ali, du darfst doch nicht über Wolfis Liebeslieder spotten! Er hat nun einmal großes Glück mit seiner Rosemarie. Hättest du eine solche Freundin, müsstest du auch all deine Gefühle in romantische Lieder stecken.«

Hansen hatte es schon immer gut verstanden, Wolfgang mit seinen Bemerkungen zu verletzen. Über Alis Scherze regte er sich nicht mehr auf. Dazu war Ali zu unbedeutend. Hansen hatte für Wolfgang jedoch eine große Bedeutung.

»Freunde, es wird euch überraschen, aber es ist kein Liebeslied! Es handelt von einem armen, kleinen Mädchen, das aus Kummer der Magersucht verfällt.«

Wolfgang glitt mit dem Plektron über die Saiten seiner Gitarre und begann trotz Alis Einwand, dass gewiss Liebeskummer im Spiel sei, seine Ballade vom Leben und Sterben einer Magersüchtigen. Plötzlich war da wieder dieses Gefühl. Tief im Inneren fühlte Wolfgang, wie sich seine Seele langsam von ihrer Hülle zu lösen anfing und ihn zu verlassen schien. Es musste der sanfte d-Moll-Akkord sein, der sich seiner bemächtigte und sich an Stelle der entflohenen Seele einnistete. Wie aus weiter Ferne hörte Wolfgang Alis Standardkommentar:

»Für einen Taubstummen ist das direkt ein erstaunlich gutes Lied.«

Wolfgang ließ den d-Moll-Akkord weiter in sich klingen und nahm die Hand seiner Seele, um sich von ihr in seine Traumwelt entführen zu lassen. Unter Tausenden von jubelnden Menschen, die mit ihren kleinen Fähnchen wie verrückt winkten, stand Wolfgang in seiner Wehrmachtsuniform neben Hansen und dessen Freundin. Wolfgangs Augen glänzten. Endlich konnte er den Führer leibhaftig sehen! Den Menschen, für den er kämpfen, Feinde besiegen und neuen Lebensraum erobern wollte! Vielleicht würde er eines Tages sogar vor den Augen des Führers auf den Champs Élysées defilieren. Mochte auch sein bester Freund, der teilnahmslos neben ihm stand, nicht so große Stücke vom Befreier der deutschen Nation halten und mochte er Wolfgang auch mit vollkommen idiotischen Argumenten von seinem Führerglauben abbringen wollen, Wolfgang wusste, dass er dem richtigen Weg folgte. War es nicht wunderbar, dabei zu sein, wenn der Führer zu seinem Volk sprach? Wenn Hunderte von Hakenkreuzfahnen im Wind flatterten und man wusste, dass die Heimat einen brauchte? Das Vaterland war ein Ideal, für das zu sterben es sich lohnte. Es wusste seine Helden zu feiern und zu verwöhnen. Ganz im Gegensatz zur Tochter des geschätzten Professor Lim! Sie hatte wohl keinen besseren Anlass als diesen Freudentag wählen können, um Wolfgang zu zeigen, dass sie lieber mit Hansen Händchen hielt, als einem jungen

Soldaten, der morgen an die Front kam, einen schönen Abschiedstag zu bereiten.

»Ich finde, Ali, du solltest beim Übergang vom
Refrain zur Strophe nicht zu energisch drauflos
hämmern. Versuch doch, das ein wenig milder zu
gestalten!«

Hansen beugte sich über die Basstrommel zu Ali
hinüber. Er klopfte mit seinen Fingern auf die
Hänge-Tom-Toms, um Ali zu erklären, was er unter
‹ein wenig milder› verstand.

Es war nicht Neid, der aus Wolfgangs Augen fun-
kelte, als Hansen Elisabeth an sich zog und ihr einen Kuss auf die Stirn drückte. Es war auch nicht
Hass, sondern bloß ein klein wenig Verzweiflung.
Die Menge fuhr wie elektrisiert auf und schrie »Sieg
Heil!« Das konnte nur bedeuten, dass der Führer
seine Rede beendet hatte und das Rednerpodium
verließ. Was waren schon Mädchen im Vergleich zu
dieser weltbewegenden Partei? Stolz befühlte Wolfgang seine Brusttasche, in der sein Parteibuch
steckte. Es war der Beweis, dass er dazu gehörte.
Er war ein Mitglied dieser Gemeinschaft und nun
endgültig darüber erhaben, sich von Mädchen den
Kopf verdrehen zu lassen, um kurz darauf den Ver-
lust seiner Angebeteten zu beklagen.

Wolfgang riss sich von seinen Gedanken los. Er
gab sich dem Freudenrausch hin, der die Masse der
begeisterten Menschen um ihn ergriffen hatte. Hansen und Elisabeth wurden ebenfalls davon erfasst.
»Heil Hitler!« rufend drängten sich die beiden durch
die Menge und gelangten bis an das Absperrgitter,

das den Konvoi der schwarzen Fahrzeuge vor den fanatischen ›Bürgern‹ schützen sollte. Überrascht über den abrupten Gesinnungswandel seiner Freunde folgte Wolfgang ihnen. Er kämpfte sich bis an ihre Seite, wo er den Führer aus nächster Nähe sehen konnte. Dieser stand aufrecht in seinem Wagen und nahm gelassen die Zuneigungsbekundungen seines Volkes entgegen. Wie prächtig und mächtig war er anzusehen, der Heros von Wolfgangs kindlichen Träumen!

Hansen warf Elisabeth einen Blick zu, dessen Eindeutigkeit Wolfgang verborgen blieb. Mit einer raschen Handbewegung holte er einen kleinen Revolver aus der Manteltasche hervor. Der Mercedes des Führers fuhr direkt vor Wolfgang vorbei, und in einem wahren Freudentaumel rief er seinem Führer den deutschen Gruß zu. In diesem Augenblick gehörte der Massenmörder nur ihm allein. Eine bisher zurückgehaltene Träne des inneren Glücks rann über Wolfgangs Wange und fiel neben den blank geputzten, schwarzen Stiefeln zur Erde.

»Wisst ihr, das Wichtigste an diesem Lied ist, dass die fröhliche Melodie im schärfsten Kontrast zum Text steht. Deshalb, Hansen, sollst du hier nicht irgendwelche wehmütigen Bassläufe spielen, sondern so richtig beschwingt drauflos funken!«

Wolfgang griff zum achten Mal den d-Moll-Akkord und führte Hansen vor Augen, wie er sich sein neuestes Lied vorstellte.

»Es muss so richtig zum Mitschunkeln sein.«

Einer inneren Eingebung folgend sah Wolfgang unwillkürlich zu Hansen und bemerkte die Waffe in dessen Hand. Ein Strahl der schwachen Herbstsonne fiel auf Hansens Gesicht. Während sich sein Finger um den Abzug krümmte, ließ Wolfgang ruhig und gelassen seine Hand in seine Hosentasche gleiten. Gleichzeitig gab er Hansen einen Stoß mit dem Ellbogen. Ein Schuss erschütterte Wolfgangs inneres Gleichgewicht. Die Leibwächter des Führers bildeten in Sekundenschnelle eine lebende Mauer um den Diktator, der ein wenig erschreckt worden, sonst jedoch unverletzt geblieben war. Im nächsten Moment stieß Wolfgang sein Taschenmesser durch den hellgrauen Mantel seines Freundes, der nicht nur Elisabeths Verführer, sondern auch ein Attentäter war. Das wog noch um vieles schwerer. Die »Heil«-Rufe waren einer bedrückenden Stille gewichen. Teils bestürzt und teils neugierig sah die Menge, wie sich Gestapo-Leute und SS-Männer auf den zusammenbrechenden Hansen und seinen Mörder stürzten.

»Wolfgang, bist du verrückt?!«, schrie Ali und versuchte, hinter seinem Schlagzeug aufzuspringen. Er blieb an einem Beckenständer hängen und warf ihn um.

Der erste Blutstropfen fand seinen Weg von der Wunde, die sich unmittelbar unterhalb des Herzens befand, bis zum Hals der Bassgitarre. Während sich Wolfgang bemühte, das Messer aus dem Körper seines Freundes zu ziehen, stürzte sich Ali auf ihn. Er wollte verhindern, dass Wolfgang noch einmal zustach. Mit einem dumpfen Geräusch schlug Wolfgangs Kopf auf dem Kellerboden auf.

Nur mehr Alis schneller Atem war hier, sechs Meter unter der Erde, zu hören. Erschöpft wandte Wolfgang sein Gesicht Ali zu und fragte:

»Warum spricht Hansen nicht? Er muss doch fragen, warum ich das getan habe.«

Ali beugte sich über Hansen, hob ihn auf und schleppte ihn die Treppe hinauf. Wolfgang hörte nur mehr, wie Ali verzweifelt nach Herrn K. schrie. Dann verließ ihn sein Bewusstsein. Er träumte davon, in einem Atombunker auf dem Boden zu liegen und ununterbrochen das monotone Geräusch des selbstständig gewordenen Schlagzeugs anhören zu müssen. Neben sich entdeckte er Hansens blutbefleckte Bassgitarre. Auf ihren Saiten tanzte ein wild gewordener d-Moll-Akkord mit Wolfgangs Seele zum Rhythmus des Schlagwerkes. Wolfgang fühlte eine schreckliche Leere in seinem Inneren. Nicht einmal Elisabeths plötzlich auftauchendes Gesicht konnte sie beseitigen.

Brodyberg und die Schauspielerin

(2021)

Brodyberg war ein Versager. Zumindest glaubte Brodyberg, einer zu sein, ohne zu wissen, welche Kriterien ein Versager zu erfüllen hatte. War vorübergehendes Scheitern, einmaliges Versagen ausreichend, um sich für die Lebensform eines Versagers zu qualifizieren? Genügte das Gefühl, versagt zu haben, oder bedurfte es objektiver Beweise, um sich einen Versager schimpfen zu dürfen? Brodyberg hatte in vielen Bereichen versagt. Zeitgenossen würden dem allenfalls widersprochen haben, wenn sie von Brodybergs inneren Einsichten gewusst hätten. Denn nach außen war von seinem Versagertum nicht viel durchgedrungen. Zumindest wenn man sich mit der äußersten Hülle der Oberflächlichkeit begnügte. Wer tat das nicht? Das Leben war eine einzige Oberflächlichkeit, dachte Brodyberg. Er sagte es jedoch nicht. Er sprach oft viel, aber sagte selten, was sein Innerstes bewegte. So konnte er sich nicht erinnern, in jüngster Zeit jemanden darin eingeweiht zu haben, dass er ein Versager war. Es war schon lange niemand mehr so tief in ihn gedrungen, dass er hinter Brodybergs Fassade hätte blicken können. Die Menschen hatten kein Bedürfnis, unter die Oberfläche ihres Gegenübers zu gelangen. Sie bewegten sich lieber an der Oberfläche. Manchmal nicht einmal dort, sondern einige Meter über der Oberfläche des Lebens. Hier bestand keine Gefahr, etwas erfahren zu müssen, was sie nicht hören wollten. Wenn sie miteinander sprachen, war es kleines Geplauder über nichtssagende Dinge, gelegentlich sogar über das Wetter. Small Talk. Ungefährliches Miteinanderreden, ohne etwas sagen zu müssen. Dabei war das Wetter in jener Zeit bereits gefährlich nahe an einem Thema, das einem im schlimmsten Fall einen Standpunkt abnötigte. Einen eigenen oder fremden Standpunkt, eine Meinung zum alles beherrschenden Klimawandel.

Brodyberg hatte keinen Standpunkt, keine Meinung. Er hatte nur Vorurteile. Prädestinierte ihn das zum Versager? Waren ihm diese Vorurteile im Weg gestanden, als es galt, die richtigen Entscheidungen zu treffen, die passende Abzweigung im Leben zu nehmen? Er hielt es nicht für ausgeschlossen. Hatten die rasch zu Glaubenssätzen mutierten Vorurteile eine Rolle gespielt, weshalb er letzten Endes als Versager endete? Versagen auf allen Ebenen konnte er sich nicht vorwerfen. Er hatte durchaus auf einigen Gebieten reüssiert. In seinen Augen waren ihm die Erfolge allerdings auf dem falschen Felde zugeflogen. Es hing wohl mit seinen Vorurteilen zusammen, dass er seine Erfolge nicht auskosten konnte. Nein, hier spielten keine Vorurteile eine Rolle. Es war vielmehr eine Eigenschaft Brodybergs, der er sich sein Leben lang nicht entziehen konnte. Er konnte nicht genießen.

Er war zu unruhig, um einen gemütlichen Abend mit Freunden genießen zu können. Es gab keine Speisen und Getränke, an denen er sich hätte erfreuen können. Brodyberg rauchte nicht und trank keinen Alkohol. Er fühlte sich in der Natur nicht wohl. Von der Spitze eines Berges starrte er verständnislos ins Tal und auf die umliegenden Berggipfel. Blumen waren für ihn eigenartige Geschöpfe, die Frauen entzückten und ihn kalt ließen. Das bedeutete nicht, dass es nicht Dinge gab, die auch sein Auge erfreuten. Autos und Wolkenkratzer aus der Zeit vor dem zweiten Weltkrieg und Wüstenlandschaften schienen ihm das Gefühl von Freude zu vermitteln. Er hatte nicht das Geld, um jedes Jahr nach New York zu fliegen, und kein Verständnis für Autos, weshalb sich der Besitz eines Oldtimers nicht aufdrängte. Brodyberg liebte die Silhouette der alten Autos. Mit ihnen zu fahren, war ihm kein Bedürfnis. Ein Automobil zu kaufen, um es anzuschauen, statt zu fahren, lohnte die damit verbundenen Kosten nicht. Außerdem hätte dies seiner frugalen Lebensweise widersprochen. Ein Leben in der Wüste hätte vielleicht seinen Vorstellungen von Schönheit entsprochen. Er bezweifelte jedoch, ein solches führen zu können. Verdursten in der Wüste als krönender Abschluss eines Versagerlebens? Nein, das Sterben in allen nur erdenklichen Formen hatte ihn immer schon geängstigt. Vor allem, als sein Versagen ihm besonders nahe war und die größte Verzweiflung ihn überkommen hatte.

Wahrscheinlich lag sein größtes Versagen darin, mit dem alltäglichen Versagen nicht umgehen gelernt zu haben. Er hatte aus Niederlagen keine positiven Schlüsse für die Zukunft gezogen, hatte die Niederlagen nie zu überwinden vermocht. Brodyberg war es nicht gelungen, sein Leben in die Hand zu nehmen und vorwärts zu schreiten. Er hatte seine Misserfolge nicht analysiert und sie in Erfahrungen umgemünzt, die er auf dem Zukunftsmarkt verkaufen konnte. Stets den Blick nach hinten gewandt ließ er sich von den Umständen, seiner Umgebung und der Welt treiben. So war es nicht verwunderlich, dass er keine Pläne schmiedete. Er hatte keinen Lebensplan, dem er folgen konnte oder wollte. Brodyberg war eine spezielle Art von Versager. Rückblickend konnte er sein Versagen nicht damit begründen, bestimmte Ziele nicht erreicht zu haben. Es gab keine Ziele, die zu erreichen er sich vorgenommen hatte. Wahrscheinlich hatte er dies in vorauseilendem Gehorsam sich gegenüber unterlassen. Waren keine Ziele gesteckt, so konnten sie nicht verfehlt werden und seine Verzweiflung, die ihm manchmal angeboren erschien, vergrößern. Die sogenannten Meilensteine, die er von Zeit zu

Zeit erreicht hatte und zu denen ihm von der Mehrzahl seiner Bekannten und Verwandten gratuliert worden war, hatte er nicht vorausgesehen oder angestrebt. Sie hatten sich von selbst, beinahe zwangsläufig ergeben. Wenn man in die Schule eintrat, schien es ihm, als ob es selbstverständlich war, diese Jahre später mit gutem Erfolg abzuschließen. Wenn man an einer Universität, aus welchen Gründen auch immer, welches Fach auch immer inskribierte, war es für Brodyberg der natürliche Lauf der Dinge, das Studium raschestmöglich und ohne großes Interesse an der Materie erfolgreich zu beenden. Das eine führte zum anderen. Es gab keine Verschnaufpause. Er hätte sie auch nicht gewollt. Er brauchte keine Nachdenkphase. Er wusste – oder glaubte wenigstens, es zu wissen –, dass das Leben, im speziellen sein eigenes, sinnlos war. Dass er dafür verantwortlich war, den Sinn selbst zu gestalten, statt sich auf die vergebliche Suche nach dem Sinn zu begeben, kam ihm nie in den Sinn. Er haderte viel mit seiner Umwelt, noch mehr mit sich selbst. Denn er hatte das Gefühl, wenn nicht die Gewissheit, dass es nicht die Welt war, die ihm übel mitspielte, sondern er selbst die Ursache allen Übels war. Das Versagen mochte für die Menschen um ihn darin zu finden sein, dass er seinen Träumen nicht näherkam. Tatsächlich manifestierte es sich darin, dass er mit sich selbst nicht fertig werden konnte. Die äußeren, für die Umwelt kaum sichtbaren, weil nicht in ihrem vollen Umfang erfassbaren Misserfolge waren die Folge seiner Träume.

Brodyberg war nicht nur ein Versager, sondern auch ein Träumer. Oder war das dasselbe? War er ein Versager, weil er sein Leben verträumte? Weil er nicht für die Realität geschaffen war? Weil er die Realität nicht akzeptieren wollte? Er unterwarf sich der Wirklichkeit, ließ sich von ihr wie ein Stück Holz im reißenden Fluss vor sich hertreiben. Er ließ mit sich geschehen, was die anderen wollten oder von ihm erwarteten. Er hatte sich mit dem wirklichen Leben arrangiert, es aber nie akzeptiert. Das hatte auch Vorteile gehabt. Sein Job als Beamter war sicher gewesen. Sein Aufstieg zum Sektionschef im Ministerium für die Besteuerung aller vermögenswerten Lustbarkeiten brachte genügend hohe Einkünfte. Die Verleihung des Professorentitels hatte für jenes Ansehen gesorgt, das in Österreich erstrebenswert und seiner Frau unentbehrlich erschien. Selbst die profane Beschäftigung mit Steuern und Paragraphen hatte sein träumerisches Wesen nicht auf den Boden der Realität holen können. Er träumte sein Leben weiterhin wie einst Pessoas Hilfsbuchhalter, ohne dabei die gelassene Zufriedenheit zu finden, die sich üblicherweise mit zunehmendem Alter im Leben vieler kleinbourgeoiser Karrieristen einstellte. Ständig heimgesucht von neuen Traumgespinsten hatte es Brodyberg im Laufe mehrerer Jahrzehnte mittelmäßigen Lebens nicht geschafft, zwei Jugendträume in die Kiste der

Erinnerung einzusperren und dort dem vollständigen Verfall preiszugeben. Trug er den Traum von seiner Jugendliebe und jenen, eines Tages ein anerkannter Schriftsteller zu werden, stets bei sich, um sein, in seinen Augen offensichtliches, fundamentales Versagen nicht zu vergessen?

Wenn es im Zuschauerraum finster wurde, mochten andere von der knisternden Spannung beim Eintauchen in eine andere Welt sprechen. Brodyberg war es noch nie widerfahren, dass er während einer Theater- oder Opernvorstellung auch nur für einen Moment die Realität außerhalb des Schauspiel- oder Opernhauses vergessen hätte. Das bedeutete nicht, dass die Atmosphäre der goldverzierten Holzschnitzereien, die mit rotem Samt überzogenen, meist unfassbar unbequemen Polstersitze, die teils aus dem vorletzten Jahrhundert stammenden Luster und Beleuchtungskörper und die plötzliche Stille im Zuschauerraum, wenn der Vorhang hochgezogen wurde, seine Träume nicht beflügelten. Wenn dann noch sein Bühnenidol die Bühne betrat, fiel es Brodyberg durchaus nicht schwer, seine eigene Traumwelt zu erschaffen. Dabei war ihm das Traumhafte des Ganzen stets präsent. Die Wirklichkeit bedrohte seine schwärmerischen Gedanken wie ein feuerspeiender Drache, der das gefangene Liebespaar zu bewachen hatte. Seit Jahren verehrte er sie nicht nur wegen ihres Aussehens, sondern vor allem wegen ihrer unglaublichen Schauspielkunst, ihrer verblüffenden Wandlungsfähigkeit und letztlich ihrer in manchen

Stücken an die Dietrich erinnernden Frisur. Wenn sie im Lichtkegel stand und Lieder interpretierte, als seien sie für sie geschrieben worden, kamen ihm Gedanken, die seine sonst üblichen Traumgrenzen sprengten.

Zu seiner eigenen Überraschung und ein wenig Genugtuung waren es keine Phantasien, die man alternden Männern jenseits der vierzig gerne zuschrieb und ihm wohl die Schamesröte ins Gesicht getrieben hätten, wenn er sie hätte aussprechen müssen. Nein, er träumte nicht von einer Nacht mit Kasimirs Karoline oder Zwinglis Ehefrau. Brodyberg malte sich aus, mit ihr gemeinsam auf einer Bühne zu stehen und jene Musik zu machen, die bei den Zuhörern uneingeschränkten Beifall finden würde. Sie schien ihm jene Sängerin zu sein, die der Musik, die er seit Jahren mit Freunden machte, endlich jene Anerkennung einbringen würde, die sie verdiente, jedoch wegen der unter den Musikerkollegen ungleichmäßig verteilten Unzulänglichkeiten nie bekam. Auch Brodybergs Gitarrenspiel erreichte nicht jenes Niveau, das für den öffentlichen Vortrag allgemein erforderlich war. Er war aber überzeugt, dass sich dies kaschieren ließ. Zumindest, wenn sie am Mikrofon stand, die Reporterin aus dem »Cactus Land« und Freundin des Titus Feuerfuchs. Das darin bereits die abgrundtiefe Absurdität und Wurzel des vorprogrammierten Scheiterns seines Traums lag, war ihm bewusst. Warum würde eine Schauspielerin in einer Combo aus Amateuren singen? Weil sie froh war, gemeinsam mit einem Verehrer ihrer Schauspielkunst auf der Bühne stehen zu dürfen? Das war ihr und Brodyberg ohnehin schon gelungen. Brodyberg erinnerte sich mit kindlicher Freude daran zurück und ließ selten eine Gelegenheit ungenutzt, Freunden und Bekannten von diesem einmaligen Erlebnis zu erzählen, wenngleich es ihm damals weniger angenehm als vielmehr im höchsten Maße peinlich gewesen war.

Die Banane und der Braunbär.

Brodyberg und seine Frau wollten eine Lesung mit der verehrten Schauspielerin besuchen. Sie wussten nicht, wo sie stattfand, und gingen zur Portierloge des Schauspielhauses, um sich nach dem Ort der Lesung zu erkundigen. In diesem Moment erschien die von Brodyberg angehimmelte Schauspielerin, die augenscheinlich mit dem Portier sprechen wollte. Sie hatte eine halb verzehrte Banane in der Hand, als Brodyberg aus seiner Jackettasche ein Bild von ihr herauszauberte und sie um ein Autogramm bat. Da sie nicht wusste, wohin mit der Banane, drückte sie Brodyberg die Banane in die Hand, während sie das Bild unterschrieb. Die ganze Szene dauerte nur wenige Sekunden und doch brannte sie sich in Brodybergs Erinnerung. Das unerwartete Auftauchen der Angebeteten, der Empfang der Banane und anschließende Tausch gegen die Autogrammkarte. Brodybergs Frau freute sich heimlich über das unbeholfene Benehmen ihres Mannes in Gegenwart des keineswegs mondänen Schauspielstars, der es in Wirklichkeit nicht einmal zu lokaler Berühmtheit gebracht hatte. Es schien nicht ausgeschlossen, dass Brodyberg der einzige Fan der Schweizer Schauspielerin war. Nachdem sich die Erregung rund um das so überraschend erhaltene Autogramm gelegt hatte, begab sich Familie Brodyberg in den Veranstaltungsraum der Lesung.

Brodybergs saßen in der ersten Reihe, unmittelbar vor dem Lesepult, hinter dem bald die Schauspielerin erschien. Die Lesung begann. Ein persischer Autor, der unter den autoritären Zuständen im Iran zu leiden hatte, führte einen imaginären Dialog mit seinem weltweiten Publikum. Um den Dialog lebendiger zu gestalten, war der Autor auf die gloriose Idee gekommen, das Publikum einzubeziehen und jedem der Zuschauer eine Nummer zuzuweisen. Als die ersten beiden Personen aus dem Publikum auf die Bühne gebeten wurden, ahnte Brodyberg nicht, dass auch er an diesem Abend an die Reihe kommen würde. Es traf ihn wie ein Blitz, als er von der Schauspielerin aufgefordert wurde, auf der Bühne einen Bären darzustellen, der den Eingang eines imaginären Zirkuszeltes bewachen musste. Auch wenn Brodyberg mit seiner Musikband schon oft auf einer Bühne gestanden war, konnte er sich nichts Schlimmeres vorstellen, als unvorbereitet vor ein Publikum zu treten und etwas zu machen, was ihm zutiefst zuwider war. Er hörte kaum, was der persische Autor ihm durch die Schauspielerin ausrichten ließ. Brodyberg stand wie versteinert auf der Bühne und wünschte sich nichts sehnlicher, als diese so schnell wie möglich zu verlassen. Er empfand nicht das geringste Glücksgefühl, der Angebeteten so nahe zu sein, mit ihr auf der gleichen Bühne zu stehen und von ihr wahrgenommen zu werden. Er wagte es nicht, ihr in die Augen zu sehen. Auch der Blick ins Publikum bereitete ihm größte Qualen. Brodyberg hatte keine Ahnung, wie viele Minuten er im Scheinwerferlicht neben seinem Idol gestanden war. Vielleicht waren es bloß Sekunden, die ihm wie eine Ewigkeit erschienen waren. Endlich durfte er an seinen Platz zurückkehren und die Peinlichkeit hatte ein Ende.

Dieses Erlebnis mochte der Höhepunkt seiner virtuellen Beziehung mit der Schauspielerin gewesen sein. Bis er sie wieder auf der Bühne sah, vergingen Wochen und Monate. Saladins Schwester in »Nathan dem Weisen«, Clawdia Chauchat im »Zauberberg«, Elisabeth in »Maria Stuart«, Martha in »Vor Sonnenaufgang«, Möbius in »Die Physiker« und eine kleine, unbedeutende Rolle in Bernhards »Heldenplatz«. Dann kam die Pandemie über die Welt. Die Theater mussten schließen. Seine Zuneigung zu ihr war nicht so groß, dass er ihr im Internet gefolgt wäre. Er hatte ebenfalls kein großes Verlangen, mit Maske ins Theater zu gehen, als diese nach Monaten wieder öffneten. Eines Tages saß er doch in der Dunkelheit des Zuschauerraums und lauschte andächtig, wie sie Mozarts und Duran Durans Lieder intonierte. Die Begeisterung war zurück. Oder war Brodyberg sogar ergriffen von ihrem Gesang? Er hätte sich gewünscht, wenn die Welt in diesem Moment stillgestanden wäre, sich das Theater plötzlich geleert und sie nur mehr für ihn gesungen hätte. Seine Phantasie war nicht stark genug, um seinen Wunsch Wirklichkeit werden zu lassen. Stattdessen kam ihm die Idee, die Schauspielerin bei nächster Gelegenheit zu fragen, ob sie den Gesang in seiner Musikcombo übernehmen wollte.

Durch Zufall hatte Brodyberg die Gesangslehrerin der Schauspielerin kennengelernt. Man kam ins Plaudern, stellte fest, dass beide die Schauspielerin kannten und es Brodybergs größter Wunsch war, Sarah, so ihr himmelwärts zeigender Name, näher zu kommen. Nicht, um sie zu küssen, sondern um mit ihr zu plaudern. Jetzt drehte sich alles nur mehr ums Plaudern. Wollte Brodyberg auf seine alten Tage ein Meister des Small Talks werden? Dass ihn eine Zufallsbekannte tatsächlich zu einem Abendessen einlud, bei dem er neben Sarah sitzen durfte, konnte nur damit zusammenhängen, dass er in Pessoas Traumwelt abgetaucht war. Da Träume in der Regel sehr kurz sind, musste alles schnell gehen. Das Abendessen war ein großer Erfolg. Brodyberg genoss Sarahs Gegenwart in vollsten Zügen. Im Traum war es ihm offensichtlich gegeben, den Genuss kennenzulernen. Ob Sarah das Gespräch mit ihm ebenso anregend und freudvoll empfand, ließ sie weder Brodyberg noch ihre Gesangslehrerin wissen.

Nach einer Bedenkzeit von wenigen Tagen sagte sie zu, mit Brodybergs Combo zu proben und ein

Konzert zu geben. Die Proben waren für Brodyberg Anlass großer Freude und Zufriedenheit. Die Band wurde in «Sarah und ihre Kavaliere» umbenannt und feierte mit ihr am Mikrofon ein triumphales Konzert im Schauspielhaus. Zum ersten Mal in seinem Leben hatte Brodyberg den Eindruck, Teil von etwas Größerem zu sein, das den Zuhörern ein Lächeln auf die Gesichter zauberte und die Menschen wahrhaft begeisterte. Der Applaus und die Glückwünsche nach dem Konzert schienen ihm erstmals echt zu sein und sie erschienen ernsthaft verdient und berechtigt. Diesmal mit Sarah auf der Bühne zu stehen, erfüllte Brodyberg mit Stolz und Glück. Vor der Zugabe kam sie zu ihm und drückte ihm einen Kuss auf die Wange. In der Garderobe umarmte er sie, herzte sie und bedankte sich bei ihr für den schönsten Moment im Leben. In Wahrheit war es lediglich der zweitschönste Augenblick seines Lebens gewesen. Dennoch war es ein unvergesslicher Moment, der die Banane und den Braunbären für immer ungeschehen machte. Nach sieben weiteren schönen Konzerten mit ihren «Kavalieren» verließ Sarah Brodybergs Heimatstadt. Sie nahm an einem deutschen Theater ein neues Engagement an. Brodyberg schmerzte diese Entscheidung zutiefst. Die Nachricht vom Ende ihrer musikalischen Zusammenarbeit glich dem Erwachen aus einem schönen Traum. Dieser erfolgreiche Traum hatte am Ende keinen Einfluss auf Brodybergs reales Scheitern als Schriftsteller. Es folgten einige Absagen von Verlagen und Literaturagenturen. Brodyberg wurde älter, irgendwann so krank, dass der Tod von selbst kam und nicht mehr von eigener Hand herbeigeholt werden musste.

Zum letzten Mal sah er beim Fenster hinaus. Die beiden mit hellgrünen, jungen Frühlingsblättern geschmückten Bäume berührten mit ihren Ästen einander beinahe und verdeckten den in der Sonne glänzenden See. Nur ein kleiner, beinahe viereckiger Ausschnitt ließ den Blick auf ein vorbeiziehendes Segelboot zu. Es wäre ein lohnendes Motiv für einen Maler gewesen, wenngleich es je nach den Intentionen des Künstlers wahrscheinlich ein sehr kitschiges Bild geworden wäre. Auch als Kameraeinstellung hätte es sich wohl geeignet. Naheliegend wäre ein trivialer Liebesfilm mit einem romantischen Rendezvous inmitten des Sees gewesen. Ob es erträglicher geworden wäre, wenn den scheinbar zärtlichen Liebkosungen und Küssen eine brutale Vergewaltigung und ein bestialischer Mord gefolgt wäre? Es waren Brodybergs letzte Gedanken.

Hans im Glück, 1987

(1986)

Seit vier Jahren bat er um seinen Tod. Heute schien er endlich kommen zu wollen. Für Mitternacht war er angesagt, wenn das alte Jahr dem neuen, gewiss nicht besseren Jahr weichen musste.

Hans kramte in seiner Manteltasche nach dem Wohnungsschlüssel. Die Finger waren durchgefroren. In welcher Bar hatte er seine Handschuhe liegen lassen? Nach mehreren Versuchen gelang es ihm, die Tür zu seiner Mansardenwohnung zu öffnen. Hier war es nicht wärmer als im Freien. Hans behielt seinen Mantel an und schloss hinter sich ab. Eine verschmutzte Glühbirne gab gerade so viel Licht, dass er nicht an die Kisten stieß, die im Vorraum standen und eine Unmenge an Büchern enthielten. Nicht einmal dazu war er gekommen, seine literarischen Lebensgefährten auszupacken und in die selbst gebastelten Bücherregale zu stellen. Es war alles ziemlich schnell gegangen. Der Entschluss, zuhause auszuziehen und die Dachbodenwohnung in Beschlag zu nehmen.

Hans warf sich auf das Bett, das neben einem Schreibtisch und einem Sessel das einzige Mobiliar seines Wohnzimmers war; und, nicht zu vergessen, die selbst zusammengenagelten Bücherstellagen.

Sah man bei einem der Wohnzimmerfenster hinaus, so konnte man den Uhrturm sehen. Lieblich verschneit und beleuchtet. War dieser Ausblick vielleicht der Beweggrund, sein stets gemütlich warmes Elternhaus am Stadtrand zu verlassen und die Stadtwohnung zu beziehen, die sich mehr oder weniger im Zustand eines Rohbaus befand? Kein fließendes Wasser, keine Heizung. Nur ein Bett, ein alter Schreibtisch, ein Stuhl und in jedem der übrigen sieben leeren Räume Glühbirnen, die mit Zementspritzern übersät waren. Hatte er sich allenfalls Chancen ausgerechnet, Bea hierher zu locken und ihr als einzig warmen Ort in dieser «Wohnung» das Bett zu empfehlen? Nein, es war der Anblick des Schlossbergs mit dem Uhrturm. Das erinnerte an ein Maleratelier über den Dächern von Paris mit Aussicht auf dem Eifelturm. Es fehlte nur noch eine Zigarette und leise Musik. Und Bea?

Hans stand auf und ging zum Schreibtisch. Er nahm das Sparschwein, das stumm vor sich hinstarrte, und schüttelte es. Viel war nicht darin. Für ein paar Worte mit Bea würde es reichen. Wenn sie überhaupt daheim war. Wer war schon zu Silvester daheim?

Hans steckte die Münzen aus dem Sparschwein in seine Manteltasche und setzte sich an den Tisch. Eine Zeitschrift war aufgeschlagen. Er las:

73

»gunter falk, hans im glück, 1977, 1.1 hans trinkt, hans trinkt weil franz trinkt ...«

Noch trank Hans nicht. Es war noch zu früh. Schließlich musste der halbe Liter Rum, der unter dem Tisch stand, bis Mitternacht ausreichen. Außerdem kannte er keinen Franz. Trinken würde er, weil er Bea wollte, und sie ihn nicht einmal kannte. Ungern zog er seine Hand aus der Manteltasche, um auf die Uhr zu sehen. 20 Uhr 17. Seine Finger waren ganz blau.

»... hans will trinken weil hans grete will, hans will grete.«

Verdammt, er wollte Bea und nicht Grete! Im Übrigen hasste er Gedichte. Natürlich fand er es komisch, dass dieses Gedicht ausgerechnet ein mittlerweile verstorbener, indirekter Bekannter von ihm geschrieben hatte. Sehr indirekt bekannt. Wäre er nicht gestorben und wäre es Hans gelungen, seine Jugendliebe zu heiraten, wäre hans' und gretes Dichter sein Stiefschwiegervater geworden. Er, Hans, würde dann wohl kaum in diesem kalten Zimmer sitzen und auf das Rendezvous mit dem Tod warten. Mit g.f.s Stieftochter hatte es eine weitere Bewandtnis. Wenn Hans ihren Erzählungen glauben durfte, die jahrelang seine einzige Seelennahrung waren, war es vor tausend Jahren im Bereich des Möglichen gelegen, dass ihre Mutter einen Cousin seines Vaters heiratete. Cousine sechsten Grades oder Herr Professor W.? Es kam nicht dazu.

Unten auf der Straße sangen einige Menschen. Ein Gedanke marterte Hans: Wenn es eine Hölle gab, würde er heute um Mitternacht direkt dorthin fahren. Allerdings wäre es nicht anders, wenn er erst mit sechzig oder siebzig Jahren eines natürlichen Todes stürbe. Oder bestand wirklich die Gelegenheit, sich in der Zwischenzeit etwas Besseres als das ewige Feuer zu verdienen?

Hans verließ die Wohnung und stieg die stark ausgetretenen Stufen hinab. Auch für junge Leute sind Treppen, zumal solche vom vierten Stock, ein beachtenswertes Hindernis, wenn die Kälte einen zwingt, die Hände in den Manteltaschen zu vergraben. Er stolperte zweimal. Beim dritten Mal stürzte er einige Stufen hinunter. Erstaunt blieb Hans liegen. Unter sich spürte er etwas Hartes. Sein Revolver war aus der Manteltasche gefallen. Hans streichelte ihn mit seinen klammen Fingern, steckte ihn wieder zu sich und erhob sich schwerfällig.

Als er zum Hauptplatz ging, fiel ihm plötzlich Nicole ein. Wieder ein Mädchen, das er abgöttisch verehrt hatte, ohne es heiraten zu können. Heiraten, heiraten! Es war geradezu eine Wahnvorstellung, der immer wieder auftauchende Wunsch, seine Geliebten zu heiraten. Ja, geliebt wurden sie von ihm, diese hübschen und liebenswerten Mädchen. Doch oft wussten sie nicht einmal, dass er existierte. Manchmal gab es einige Küsse, mehr nie. Einige Briefe, denn meistens hielt es sie nie lange in dieser Stadt.

Wenn er wenigstens Beas Telefonnummer wüsste! Hans zwängte sich in eine Telefonzelle und sah im zerfetzten Telefonbuch nach. Das Telefonbuch hatte wohl auch nicht mehr viel vom neuen Jahr zu erwarten. Er fand die Nummer. Sollte er sie tatsächlich anrufen? Ausgerechnet zu Silvester sollte sie sich von ihm am Telefon belästigen lassen? Hans ging die Herrengasse entlang. Hell beleuchtete Schaufenster. Weihnachtsdekorationen wechselten mit Faschingsaccessoires ab. Würde Bea zuhause sein und mit ihm reden? Natürlich könnte sie nichts mehr an seinem Entschluss ändern. Trotzdem war es ärgerlich, dass sich justament zur gleichen Zeit Adalbert ebenfalls in Bea verliebt hatte und mit ihr schon einmal im Kino war. Andererseits bedeutete das, dass Adalbert von g.f.s Stieftochter abgelassen hatte und Hans bei ihr neuerlich sein Glück versuchen konnte.

Wie würde er den Tod in seiner alles andere als gemütlichen Stube empfangen? Trinkt der Tod? Ob der Tod »franz« heißt? Dann wäre alles leichter. Hans würde ihm erklären, dass er sein Leben als gescheitert betrachte. Dass er nicht den Anforderungen entspräche, die an den Sohn eines erfolgreichen Geschäftsmannes gestellt würden. Dass er das ewige Alleinsein nicht mehr ausstehen könne und ihm die für ein Säuferleben nötigen Voraussetzungen nicht in die Wiege gelegt worden seien. Noch einen Schluck von diesem köstlichen Rum, Herr Tod?

Es fing zu schneien an. Die Stille dieser Silvesternacht wurde in immer kürzer werdenden Abständen von Böllern unterbrochen. Hans stand wieder vor einer Telefonzelle ... 46-23-05 ... Wie lange telefonierte man mit fünfundzwanzig Schillingen? Oder sollte er besser g.f.s Stieftochter anrufen, die beinahe seine Cousine sechsten Grades geworden wäre?

›Ja, guten Abend, Fräulein, ein mittelfernes Ferngespräch nach Wien.‹

Wo war die gute alte Zeit, in der man sich wenigstens mit dem Telefonfräulein unterhalten konnte?

Mühsam setzte Hans die Wählscheibe in Bewegung. Waren seine Finger wirklich kurz vor dem Absterben?

»Bea? ... entschuldige, dass ich so spät anrufe, aber ich hab' mir gedacht, wo doch heute Silvester ist ... hier spricht Hans. Du erinnerst dich vielleicht. Vor Weihnachten hab' ich dich einmal nach Hause geführt, in dieser wackligen Kiste ... warum ich anrufe, ist nicht so leicht zu erklären. Ich hab' von Adalbert gehört, dass du dich bei ›The Cure‹ gut auskennst ... ich mein', es besteht kein direkter Zusammenhang, aber kennst du Gunter Falk? Es gibt da ein Gedicht von ihm, das heißt ›hans im glück‹ ... Nicht? Macht auch nichts. Eigentlich wollte ich dir nur sagen, dass ich dich unheimlich hübsch finde und dass ich ... was machst du heute eigentlich noch? ... ach so, ich verstehe. Solchem Übel bin ich gerade noch durch Flucht entkommen. So ein Familienfest hatten wir zu Weihnachten und das genügt für dieses Jahr ... weißt du, ich mag dich wirklich wahnsinnig gern, obwohl ich fast nichts von dir weiß … stimmt, du weißt auch nichts von mir, aber schließlich bist du nicht in mich verliebt, oder? … siehst du. Halte ich dich von verwandtschaftlichen Plaudereien ab? … übrigens bin ich nicht ins Ausland gefahren. Ich hab' mir gedacht, es könnte sich unter Umständen die Möglichkeit ergeben, dass wir einmal gemeinsam Schifahren gehen …«

Inzwischen schneite es heftiger und Hans hielt die Zeit für gekommen, sich Mut anzutrinken. Er rannte zu seiner Wohnung. Vorbei an lachenden Menschen, vierundsechzig Stufen, nur einmal gestolpert. Diesmal dauerte es länger, bis er mit seinen unbeweglichen Fingern die Tür aufgeschlossen hatte. Seine Hand tastete nach dem Lichtschalter. Mattes Licht von einer verschmutzten Glühbirne. Vertrauenserweckend sah der Uhrturm noch immer zum Fenster herein. Jetzt mit Bea in Paris und statt schäbigem Rum aus der Flasche würde es Champagner aus ihrer Hand geben. Hans öffnete die Flasche und wartete auf den Jahreswechsel. Seine Stiefel hatte er durch das Zimmer geschleudert. Tisch, Sessel und Bett. Es hätte eine ganz hübsche Wohnung werden können. Die Wohnung eines erfolgreichen Rechtsanwalts, der gemeinsam mit seiner Frau eine gut gehende Kanzlei hätte führen können.

Hans legte sich mit dem Mantel ins Bett und spürte, wie die Wärme des Rums langsam in seine Eingeweide drang. Wenn nur nicht diese beklemmende Angst vor dem Tod gewesen wäre. Aber er würde ohnehin kommen, zu lange hatte Hans nach ihm gerufen, als dass er jetzt sein Rendezvous noch absagte. Gleichgültig ließ Hans den Rum in seine Kehle fließen. Tropfen auf der Bettdecke, klebrige Flecken, die seltsamerweise nach Alkohol rochen. Zum Glück war Hans kein Trinker und so reichte wenig, um ihn berauscht zu machen. Er kletterte aus dem Bett und wankte ein wenig, als er zum Schreibtisch ging. Dort lag noch immer »hans im glück« Ja, es schien zu stimmen. Hans trank, weil er Angst hatte. Die von den Füßen aufsteigende Kälte war angenehm. Sie milderte das Feuer und die Hitze in Hans' Kopf. Er durchsuchte die Schreibtischlade nach seinem Walkman. Zitternd setzte er die Kopfhörer auf.

Es war noch lange nicht Mitternacht, doch Hans hatte das Gefühl für Stil verloren. Es war ihm gleichgültig, wenn der Schuss nicht pünktlich fiel. Sorgfältig stellte er die leere Rumflasche zurück unter den Tisch und drehte die Lautstärkeregler seines Walkmans auf «max.» Wenn er heute schon alleine war, ohne Bea, ohne seine mögliche Cousine sechsten Grades, wollte er wenigstens den Schuss nicht hören.

Hans hatte Angst, als er sich den Revolver an die Schläfe setzte. Würde doch plötzlich Bea kommen!

Sie kam nicht, kannte Hans ja nicht einmal besonders gut.

Es bedurfte nur mehr einer kleinen Bewegung. Die Waffe war entsichert. Hans hatte Angst und nichts mehr zu trinken. Würde ihm Gott verzeihen, an den er vor so langer Zeit zu glauben aufgehört hatte?

Durch das dichte Schneetreiben blinzelte noch immer der Uhrturm in das Zimmer herein.

Im Angesicht von Aids

(1986)

Gefolgt von ein paar Studenten gehe ich eine Gasse entlang. An der Kreuzung, in die diese Gasse mündet, befindet sich ein Gasthaus. Es scheint hauptsächlich von Studenten frequentiert zu sein. Ich fühle mich von den hinter mir gehenden Studenten beobachtet und gewissermaßen gezwungen, die Kneipe zu betreten. Ohne zu wissen, was ich will, stelle ich mich an die Theke, während meine Verfolger das Gasthaus betreten. Es sind ältere Studenten, allenfalls schon etwas zu alt. Bei näherer Betrachtung will es mir scheinen, dass sie genauso gut Rocker sein könnten. Wie üblich, wenn ich mich irgendwo anstelle, werden die nach mir Eingetretenen vor mir nach ihren Wünschen gefragt. Was sonst lästig ist, gibt mir jetzt Zeit zu überlegen, was ich bestellen soll. Unverhofft sehe ich Bekannte, die das Lokal gerade verlassen wollen.

»Hallo, Gerry!«, begrüße ich meinen Freund.

»Servus, wie geht es dir?«

Warum antworte ich nicht wie immer, kurz und bündig: »Danke, gut«? Weshalb gelingt es mir, Gerry innerhalb derselben Zeit, die man sonst für ein »Auf Wiedersehen« braucht, meine jüngste Vergangenheit zu erzählen.

»Du weißt ja, dass ich in einer neuen Band spiele. Eine seltsame Band. Zwei Mädchen und ich. Vielleicht kennst du die beiden, Maria und Eva? Gestern Abend saßen wir wie gewöhnlich nach einem Konzert in einem Restaurant. Plötzlich wollten mich die beiden umbringen. Eva, die mir gegenübersaß, zog einen Revolver und schoss auf mich. Ich weiß nicht, welchem Wunder ich es zu verdanken habe, dass sie nicht traf. Wahrscheinlich war es mir gelungen, vor dem Schuss ihren Arm wegzustoßen. Heute geschah wieder fast dasselbe. Wir drei, Maria, Eva und ich sitzen an einer Tafel. Erneut hält mir Eva einen Revolver unter die Nase. Diesmal war ich einverstanden, dass sie mich erschießt. Sie traf mich genau ins Herz. Kein Kunststück bei einer Distanz von weniger als einem Meter. Das Ungewöhnliche daran war, dass kein Blut floss. Als ich den Knall des Revolvers hörte, wurde ich ohnmächtig. Ich wähnte mich bereits tot, als ich überraschend wieder zu Bewusstsein kam. Ich bemerkte, dass die Kugel anscheinend unsichtbar in mein Innerstes gedrungen sein musste. Ich nahm an, dass die anderen Restaurantgäste, die von ihren Tischen aufgesprungen waren, einen Arzt holen würden. Die Kugel musste doch entfernt werden, obwohl sie scheinbar nicht tödlich sein wollte. Aber es kam keine Hilfe, kein Arzt.

Es war ein langer Kampf, den ich mit dem Tod führte. Nach einigen Minuten verfiel ich in einen tranceähnlichen Zustand und fragte mich, wann die Kugel meinem Herzen den Garaus machen würde. Hatte sie auch ein anderes Organ verletzt? Allmählich fühlte ich mich von einer größer werdenden Menge von Feinden umgeben, die zu verhindern versuchten, dass man mir die lebensrettende Hilfe zuteilwerden ließ. Das Letzte, woran ich mich erinnern kann, war das Auftauchen meiner Bundesheerkameraden. Sie waren mit schweren Maschinengewehren bewaffnet und schossen mich aus meiner fatalen Lage heraus. Was aus Maria und Eva wurde, weiß ich nicht mehr.«

Gerry ist inzwischen gegangen. Die Kellnerin hinter der Theke fragt nun auch mich, was ich zu speisen wünsche. Wahrscheinlich ist es albern. Aber ich habe Appetit auf ein Eis. So zaubert sie vor meinen Augen einen wunderbaren Eisbecher herbei. Während ich mich den Freuden und Genüssen dieses kunstvoll zubereiteten Coups hingebe, träume ich von schönen Mädchen, mit denen ich eine geistreiche Konversation führe. Das Mädchen hinter der Theke gibt mir einen Stoß und sagt:

»Schauen Sie doch mich an, ich bin auch recht hübsch!«

Sie hält mir ihre Hand entgegen, die ich erschrocken küsse. Ich verabschiede mich von meinen Traumbekannten und erkenne, dass die Kellnerin von solcher Schönheit ist, wie ich sie noch nie gesehen habe. Ich küsse mich über den Arm ihrem bezaubernden Gesicht näher.

»Ich glaube, ich habe mich in Sie verliebt«, stammle ich, ohne zu wissen, was ich tue. Mein Eisbecher ist bereits leer.

»Würden Sie mir eventuell so geneigt sein und mit mir verreisen wollen?«, frage ich, nehme sie bei der Hand und führe sie vor die Theke. Ich lege das Geld für den Eisbecher neben die leere Glasschale und umarme die junge Frau.

»Ich liebe Sie auch«, flüstert sie mir ins Ohr. Erstaunt merke ich, wie gleichgültig es mir ist, was die Gäste, deren Großteil Studenten sind, von dieser eigenartigen Szene denken mögen.

Wir treten vor das Lokal, winken die nächste Straßenbahn herbei und fahren bis zum Hafen. Ein Steward bringt unser Gepäck an Bord eines kleinen Luxusdampfers und ich trage das Mädchen die Treppe hinauf. Während der Anker von vier Matrosen hochgezogen wird, kann ich nicht anders. Ich muss das Mädchen wieder umarmen und küsse sie, bis das Festland außer Sichtweite ist. Ich fahre ihr durch das seidige Haar und frage sie, ob ich sie duzen darf. Später erlebe ich in ihren Armen den schönsten Sonnenuntergang meines Lebens. Jetzt fürchte ich nur, dass die Revolverkugel plötzlich doch noch Blut aus meinem Herzen spritzen lässt.

Sonntag

(1989)

Unsanft weckte ihn der schrille Wecker. Durch die vereisten Fenster kam das erste Licht des beginnenden Tages. Für einen Sonntag war es ein wenig zu früh, um aufzustehen. Aber es musste nun einmal sein, wenn Alexander seinen Traum wahrmachen wollte. Dieser Traum sah für diesen Tag Studioaufnahmen seiner Band vor. Zum ersten Mal wollte man die Musik, mit der man Jahr für Jahr Freunde und Bekannte gelangweilt hatte, auf Band verewigen, um letztendlich allen Kritikern und Zweiflern zum Trotz in die Musikgeschichte einzugehen: Als die Popgruppe, die niemand kannte.

Alexander wankte verschlafen in die Küche, würgte ein Butterbrot hinunter. Dazu ein Schluck ausgerauchten Mineralwassers. Mühsam schleppte er sich ins Bad. Der morgendliche Kampf mit der Rasierklinge. Schnell kleidete er sich an. Sollte es der »Ausgehpullover« sein oder ein Alltagspulli? Alexander entschied sich für ersteren. Schließlich musste man an einem Tag, der in die Geschichte, wenn auch nur in die Musikgeschichte, eingehen sollte, standesgemäß gekleidet sein.

Im Hof warteten die übrigen Musiker. Mit einigen Handgriffen waren die Instrumente in den Autos verstaut, und frohen Mutes fuhr man in Richtung Aufnahmestudio los. Obwohl die Band nur aus fünf Musikern bestand und auch das Instrumentarium nicht allzu viel Platz brauchte, schien es notwendig zu sein, vier Autos zu benützen. Allein die Fluchtmöglichkeiten verbesserten sich dadurch erheblich, sollte man wider Erwarten vorzeitig aus dem Studio gejagt werden, weil die Musik nicht zu ertragen sein würde.

Während die Stadt noch unter einer dünnen Nebelschicht zu schlafen schien, bewegte sich der Konvoi gegen Norden, wo sich das geheimnisvolle Studio befinden sollte. Man wusste zwar die Adresse, und ein Bandmitglied war bereits einmal dort gewesen. Doch leider nur des Nachts. Das erwies sich nun als nicht ausreichend. Man fand den angegebenen Ort nicht. Gespenstisch bewegten sich die vier Autos durch schmale Gassen, bogen nach rechts, nach links, um letztlich wieder umzukehren. Man fuhr Berge hinauf, steile Straßen bergab und schien plötzlich am Ziel, als das erste Auto der kleinen Kolonne mit dem angeblich Ortskundigen an Bord in einen Hof einfuhr. Enttäuscht musste Alexander, der den Schlusswagen steuerte, erkennen, dass man nicht das heiß ersehnte Ziel, sondern bloß eine geeignete Reversiermöglichkeit gefunden hatte. Man kannte allmählich die

Häuserfassaden, an denen man schon zum dritten Mal vorbeifuhr. Die Straßen wurden vertrauter. Man hatte das Gefühl, hier ansässig zu sein. Einzig die gesuchte Adresse war nicht zu finden. Weit und breit kein Mensch, den man zu so früher Stunde nach dem Weg hätte fragen können. Natürlich war kein Stadtplan zur Hand. Wo war man denn? In der Heimatstadt mit einer Landkarte unterwegs zu sein? Das sah nach billiger Krimiparodie aus. Die frustrierten Musiker hielten die Autos am Straßenrand, um sich zu beraten. Vielleicht sollte man nach einem Wachmann Ausschau halten. Wenn nicht er, wer sonst sollte den Weg weisen können? Selbstverständlich konnte man im Nebel keinen Ordnungshüter wahrnehmen, der an einem solchen Sonntagmorgen darauf wartete, fünf verirrten Jungen beizustehen. Noch dazu bei diesem morgendlichen Frost.

Schließlich ward das Studio doch gefunden. Man hatte zwar wertvolle Studiozeit verloren, aber nicht die gute Laune. Über eine schmale Stiege führte der Weg in einen Keller, der wenig Ähnlichkeiten mit jenen Aufnahmestudios hatte, von denen Alexander immer geträumt hatte. Durch eine verrostete Eisentür konnte er einen Blick in den Luftschutzbunker werfen, der mit alten Matratzen ausstaffiert war. Dazwischen lagen Gitarrenkoffer, Verstärker, Sessel, Kleider, Zahnbürsten, Bücher, Schallplatten, Polster, Decken und Katzen. Es schien der Wohn- und Schlafraum des Studiobesitzers Franky zu sein, der schlaftrunken unter einer Menge von Kabeln für Ordnung zu sorgen versuchte.

Der Gedanke wurde verdrängt, dass man in eine Räuberhöhle geraten sei, aus der es unter Umständen kein Entkommen gab und in der Alexanders »Ausgehpullovers« nicht angebracht erschien. Alexander schloss seine Stromgitarre an, und die Band begann, ihre bittersüßen Balladen von Liebe, Winter und Haute Couture einzuspielen. Franky, der Aufnahmeleiter, Toningenieur und Mädchen für alles in einer Person war, entpuppte sich im Laufe des Tages als sympathischer Zeitgenosse. Bald erinnerten nur mehr seine an äußerst delikaten Stellen zerrissene Hose, sein schmuddeliges Hemd und seine einem Pagenkopf wenig ähnliche Friseur daran, dass ihn Alexander anfangs der schändlichsten Verbrechen für fähig gehalten hatte.

Da die Sauerstoffzufuhr im Keller schon aufgrund der Schallisolierung stark minimiert war und der geringe Luftvorrat überdies von Frankys Zigaretten größtenteils aufgebraucht wurde, war Alexander froh, das Studio in einer Aufnahmepause verlassen zu können. In einem benachbarten Gasthaus nahm man einen kleinen Mittagsimbiss zu sich: fünf Riesenwienerschnitzel und zehn Portionen Pommes Frites. Mit enormer Geschwindigkeit verschwand die Mahlzeit in den Mäulern der hungrigen Jungmusiker. Während die anderen, zufrieden mit dem Fortgang der Aufnahmen, überschwänglich von der Zukunft als Hitparadenstürmer sprachen, wandte Alexander seine Aufmerksamkeit einer jungen Familie mit zwei kleinen Kindern zu, die neben ihnen saßen. Auffallend an ihnen war weniger die verblüffende Ähnlichkeit des Vaters mit Jerry Lewis oder das monotone Geschrei des kleineren Kindes, das den Angaben der stolzen Mutter zufolge vier Monate alt war. Es war vielmehr die Diskrepanz zwischen Kärntner Dialekt und schönstem Schulenglisch. Sprachen die Eltern miteinander, so taten sie es in jenem wohltönenden, südländischen Sprachengewirr. Galt es jedoch, das nicht schreiende Kind davon zu überzeugen, dass nichts mehr von der Leberknödelsuppe des Vaters übrig war, so hieß es: »Finished, finished, you get more later!«

Dass der Mann am Nachbartisch ein Engländer war, der nach Kärnten geheiratet hatte und in Graz eine Leberknödelsuppe aß, war nicht sehr wahrscheinlich. Zu perfekt klang sein Kärntnerisch und zu holprig die englische Konversation mit seinem Ältesten. Das Kleinkind steuerte meist nicht mehr als ein freudiges »Yeah!« bei und streckte gierig seine Hand nach dem Apfelsaftglas des Vaters aus. War dieses beinahe leergetrunken und konnte der Vater mit einem »Enough!« nur mehr ein wenig für sich retten, so langte der Kleine nach dem Glas der Mutter. Sie brachte ihr Glas mit den Worten »Jetzan is aber gnua!« außer Reichweite.

Während ein »Don't do that!« einem »Be quiet!« folgte und ein Schlüssel zur Beruhigung des kleinen Schreihalses aus der Tasche gezogen wurde, plauderte man an einem anderen Tisch über eine wunderschöne Strickweste, die eigentlich ein Schlafmantel hätte werden sollen. Drei ältere Damen und zwei weißhaarige Männer, die hinter Alexander saßen, wurden von der Wirtin begrüßt und nach deren Wohlbefinden gefragt. Man hörte die Geschichte ihres Enkelkindes, das für seine drei Monate mit neun Kilo ziemlich stramm gewachsen war. Ein Wort gab das andere. Ob der Ferry schon geheiratet habe und die Paula bereits wieder geschieden sei? Geschieden? Nein, empörte sich eine der drei Damen. Die Paula habe wieder geheiratet und zwar ihren geschiedenen Ehemann. Und welche Freude, sie bekäme nun ihr zweites Kind! Überhaupt sei es doch einmalig, dass Paulas erstes Kind genau an ihrem ersten Hochzeitstag zur Welt gekommen sei. Das musste vor der Scheidung von dem Mann gewesen sein, den sie inzwischen zum zweiten Mal geheiratet hatte. Jaja, Zufälle gab es, ausgerechnet am ersten Hochzeitstag!

Die Wirtin konnte mit noch größeren Zufällen aufwarten. Man stelle sich vor, dass ihr Sohn Adi am gleichen Tag wie ihr Bruder Hansi geboren sei. Dieser Bruder wiederum am gleichen Tag wie ihre Schwiegermutter! Ihre Tochter Hanna habe am gleichen Tag das Licht der Welt erblickt wie ihre Nichte Petra, jaja, und das sei noch nicht alles! Ihr Mann sei am gleichen Tag wie ihr Neffe zur Welt gekommen. Hier lagen natürlich einige Jahre dazwischen. Schließlich habe ihr zweiter Sohn Gerald genauso wie ihre Tante am 27. August Geburtstag. Nur sie selbst habe sich für ihre Geburt einen Tag ausgesucht, der noch von keinem Verwandten besetzt war. Das könnte sich allerdings in nächster Zeit ändern. Sie würde bald zum zweiten Mal Großmutter und alle Anzeichen deuteten darauf hin, dass dies ausgerechnet an ihrem Geburtstag, am ersten Jänner, geschehen könnte.

Von so vielen Zufällen niedergeschmettert verließen Alexander und seine Musikerkollegen die Gaststätte, um sich wieder an die Arbeit zu machen. Nach zehn Stunden waren die Lieder auf Band gespielt. Freudetaumelnd wurden die Instrumente eingepackt und in der Gewissheit, nun endlich berühmt zu werden, verabschiedete man sich von Franky.

Auf die Frage, ob er den Beginn ihrer Musikkarriere nicht bei einem Bier feiern wolle, musste Alexander absagen. Er hatte eine nicht weniger angenehme Beschäftigung vor sich. Im Opernhaus wurde »Carmen« gegeben und Alexanders Freundin hatte dank ihrer guten Beziehungen zur Welt der Bühne noch zwei Karten bekommen. Statt des Ausgehpullis kamen Anzug und Mascherl zu Ehren. Den Operngucker eingesteckt, ein flüchtiger Blick in den Opernführer, um nicht völlig verständnislos Bizets Musik ausgeliefert zu sein. Zurück im Auto eine fünfzehnminütige Kurzversion der »Carmen« auf Cassette, um die Ohren von mittelmäßigem Vorstadtrock auf provinziellen Opernsound umzugewöhnen. Ein kurzer Begrüßungskuss für seine reizende Freundin. Wie immer war man in höchster Eile.

Man komme sicher zu spät, pflegte Alexander auf dem Weg zur Oper oder ins Theater zu sagen. Natürlich war auch kein Parkplatz zu finden. Alexander zog seine Freundin im Laufschritt hinter sich her. Außer Atem warf man der Garderobenfrau die Mäntel zu und stolperte über die Beine der Anwesenden zu den Plätzen. Alexander freute sich, keine Säule zwischen sich und der Bühne zu haben, und ließ sich von der heimeligen Atmosphäre des Opernhauses gefangen nehmen. Der brave Tenor bemühte sich redlich, seine Bronchitis zu verbergen. Während Carmen dem Escamillo schöne Augen machte und Alexanders Freundin mit dem Schlaf kämpfte, träumte Alexander von einer Karriere als Musiker.

Eine (weitere) verhängnisvolle Affäre

(1990)

Es war dunkel, als man ihn in die Zelle brachte, und er war nicht alleine. Weshalb er hier sei, wurde er vom anderen Untersuchungshäftling gefragt. Wegen einer Verkettung unseliger Zufälle, antwortete er, zog sein Sakko aus und legte sich auf die Pritsche.

Das müsse wohl ein großes Ding gewesen sein.

Na, wie man es nehme. Für den wahren Täter musste es wahrscheinlich aufregend gewesen sein. Einfach so in eine Bank zu marschieren und mit ein paar Millionen wieder herauszukommen. Für ihn sei es bloß unangenehm, weil er nicht der Täter sei.

Jaja, das sagten alle, lachte der andere. Ob es ihn störe, wenn sie miteinander plauderten?

Eigentlich habe er schlafen wollen. Aber dafür schien die Pritsche doch zu hart. Nein, im Grunde habe er nichts dagegen. Was werfe man denn ihm vor?

Das Übliche: Einbrüche, Diebstähle und so fort. Das sei alles nicht so beunruhigend, weil es ihnen sehr schwer fallen werde, Beweise dafür zu erbringen. Jaja, zuerst einmal müssten Beweise auf den Tisch. Eher würde er nichts zugeben. Wie sehe es bei ihm mit Beweisen aus? Während des Überfalls vielleicht gefilmt worden?

Das wisse er nicht, weil er nicht in der Bank gewesen war. Das Entscheidende sei, dass er kein Alibi für diesen Vormittag habe. Oder besser gesagt, er hätte eines. Bloß das würde ihn nur noch tiefer im Morast ertrinken lassen, seufzte der eine.

Dann sei er also doch ein großer Fisch, der viel mehr als diesen banalen Banküberfall zu verbergen habe, fragte der andere.

Ja, es ginge um viel mehr als nur um den Banküberfall. Nicht jedoch, woran er womöglich denke.

Das mache nichts, er solle nur erzählen. Das Schwierigste im Knast sei das Zeittotschlagen. Da sei ihm jede Geschichte recht, frohlockte der andere.

Er möge nicht enttäuscht sein, denn es sei sicherlich keine allzu packende Geschichte. Wahrscheinlich würde sie auch nicht in jenem Milieu spielen, das er sich erhoffe.

Das sei vollkommen gleichgültig. Hauptsache, er würde etwas erzählen. Das erinnere ihn an seine Kindheit, als ihm seine Mutter vor dem Einschlafen Märchen erzählt habe.

Nun, es habe vor ungefähr sechs Wochen begonnen. Seine Frau, mit der er seit drei Jahren verheiratet war, hatte an jenem Abend keine Zeit gehabt, ja, sie sei nicht einmal in der Stadt gewesen. Sie sei beruflich häufig unterwegs. Das spiele jedoch keine Rolle und sei nicht ausschlaggebend für das, was kommen sollte. Er wisse nicht mehr so genau, wie es dazu gekommen sei. Auf jeden Fall sei er am Abend im Konzert gesessen. Neben ihm eine Schulkollegin. Nein, das sei kein Zufall gewesen. Er hatte sie eingeladen und das, obwohl er sie eine Woche zuvor zum ersten Mal nach über zehn Jahren wiedergesehen hatte. Oder vielleicht gerade deswegen. Man habe sich wohl ein wenig über den anderen informieren wollen, sehen, was aus ihm und ihr geworden war. Da habe sich dieser Abend angeboten. Er habe keine bestimmten Absichten verfolgt. Es sei ihm nur darum gegangen, eine Begleitung für das Konzert zu finden. Jemanden, der ein wenig mehr Interesse an Musik zeigte als seine Frau zum Beispiel. Sie würde ihn zwar oft in den Konzertsaal begleiten. Aber es könne ihm nicht verborgen bleiben, dass sie es nicht allzu gerne tat. Es sei ein netter Abend geworden, man sei anschließend in ein Restaurant gegangen ...

... und schließlich in ihrem Bett gelandet, warf der andere ein.

Wenn es ihn langweile, brauche er es nur zu sagen. In Wahrheit sei die Pritsche gar nicht so hart.

Nein, nein, er habe nicht unterbrechen wollen und werde sich von jetzt an jeden Kommentars enthalten. Außerdem liebe er Geschichten verheirateter Männer, die ihre Frauen betrogen.

Ja, Betrug. Das war wohl der wahre Grund, warum er in dieser Zelle saß. Doch darin täusche er sich, wenn er meinte, jener Abend habe im Bett der ehemaligen Schulkollegin geendet. Man habe sich sittsam nach einem guten Essen voneinander verabschiedet und nicht vorgehabt, sich ein zweites Mal zu treffen. Er sei mit dem Gefühl nach Hause gefahren, einen sehr schönen Abend verbracht zu haben. Gleichzeitig habe er gewusst, dass es dieser Abend kaum aufzunehmen vermochte mit dem Leben, das er mit seiner Frau führte. Dieses Glück mit seiner Frau wollte er nicht aufs Spiel setzen. In den nächsten Tagen habe ihn jedoch immer öfter der Wunsch erschreckt, E., so hieß seine ehemalige Mitschülerin, wieder sehen zu wollen, ihre Stimme zu hören, mit ihr zu sprechen. Natürlich musste er zugeben, dass E. attraktiv war. Mit seiner Frau konnte sie es allerdings, bei Gott, nicht aufnehmen! Nein, es sei müßig, Vergleiche anstellen zu wollen.

Tatsache war, dass er sie angerufen und zu einem weiteren Treffen überredet habe. E. sei noch nicht verheiratet, doch bereits in ziemlich festen Händen. Es sei auch ihr nicht immer leichtgefallen, ihre Zusammenkünfte geheim zu halten. Ja, er habe sie öfter getroffen. Sie hatten über alles Mögliche gesprochen, hauptsächlich über Musik. Er spiele nämlich Bratsche. Nein, nicht professionell, nur so zur Freude. Sie sei Tänzerin. Ja, es mochte komisch klingen: Bratschist trifft Tänzerin. Aber so sei es nun einmal gekommen. Es sei phantastisch gewesen, mit ihr zu plaudern. Sie hatte schon so viel in ihrem Leben erlebt. Sie sei weit in der Welt herumgekommen. Am längsten konnten sie über

New York sprechen. Insgeheim hatte er gehofft, einmal mit ihr einige Zeit in New York zu verbringen. Aber jedes Mal, wenn ihm dieser Gedanke mit New York kam, sei er erschrocken aus seinen Wunschträumen aufgefahren, habe an seine Frau gedacht, die er trotz allem noch abgöttisch liebte, und habe sich all das nicht erklären können. Er habe keine Antwort gefunden, weshalb er mit E. zusammensaß und sich aus ihrem Leben erzählen ließ. Bei keinem ihrer Worte vergaß er, dass er verheiratet war und durch die geheimen Zusammenkünfte riskierte, sein eheliches Glück zu zerstören. Es sei in der Tat ein unglaubliches Glück, eine Frau wie seine Frau zur Gattin zu haben. Rationell betrachtet musste es dennoch in seiner Ehe ein Defizit geben, das ihn zu einem solchen Tun getrieben habe. Bloß habe er dieses Defizit beim besten Willen nicht entdecken können. Oft habe er sich gewünscht, seine Existenz könne sich in zwei Personen teilen, so eine Art Dr. Jekyll and Mr. Hyde. Leider sei es nicht beim Wunsch geblieben. In gewisser Weise habe er sich geteilt, indem er E. heimlich traf. Er müsse hinzufügen, dass es bis heute nicht im Bett geendet habe. Bis heute nicht, murmelte er vor sich hin und bemerkte nicht, dass der andere eingeschlafen war.

Aber so naiv habe natürlich nicht einmal er sein können, um zu übersehen, dass es irgendwann auch so weit hätte kommen müssen. Gewisse Dinge seien auf dieser Welt unvermeidlich. Es dränge alles in eine bestimmte Richtung. Was ihm am meisten zu schaffen gemacht habe, sei die Angst gewesen, seiner Frau weh zu tun. Es schien ihm unmöglich, seine Frau von seiner Treue zu überzeugen, wenn er alles tat, selbst an dieser Treue zu verzweifeln. Obwohl zwischen ihm und E., wie gesagt, nichts vorgefallen sei. Bis jetzt oder bis heute Vormittag, als irgendwo in Wien ein Banküberfall stattgefunden habe und man ihn der Tat verdächtige. Vielleicht seien manche Dinge doch nicht so unvermeidlich. Unter Umständen bewahre ihn seine Verhaftung davor, was ihm so unausweichlich erschien. Ja, er habe kein Alibi, weil er bei E. gewesen sei. Er könne nicht seine Ehe aufs Spiel setzen, weil man ihn eines Banküberfalls verdächtige. Es werde sich gewiss noch alles aufklären. Es fehlten immerhin jegliche Beweise für seine Tat. Für welche Tat? Den Banküberfall oder den Betrug? Für den Betrug sei es doch Beweis genug, dass ihn das Gewissen plagte. Da bedurfte es nicht zusätzlich des Ehebruchs. Im Übrigen könne man auch auf E. hoffen und ihr genug Standfestigkeit zutrauen oder Widerwillen gegen verheiratete Männer. Man sitze da in einer Zelle, warte auf sein erstes Gefängnisfrühstück und wisse, dass es draußen, in der freien Welt, zwei Frauen gab, deretwegen man wirklich eine Bank überfallen sollte ...

Im Polizeibericht war zu lesen, Inspektor K. habe es unterlassen, dem Untersuchungshäftling W. bei dessen Einlieferung den Gürtel abzunehmen, mit dem sich W. in der Nacht vom 5. auf den 6. November das Leben nahm.

Die Republik Österreich werde mit der Geltend-machung eines Amtshaftungsanspruches durch die Witwe des Toten zu rechnen haben.